# 因為不是真正的夥伴而被逐出勇者隊伍，流落到邊境展開慢活人生 9

Banished from the brave man's group, I decided to lead a slow life in the back country.9

ざっぽん

插畫／やすも

Kadokawa Fantastic Novels

「終於見面了。」
梵・渥夫・
弗蘭伯格
另一名「勇者」。故國遭到魔王軍毀滅的亡國王子。執著於打倒露緹，因而失控的「勇者」。

CONTENTS

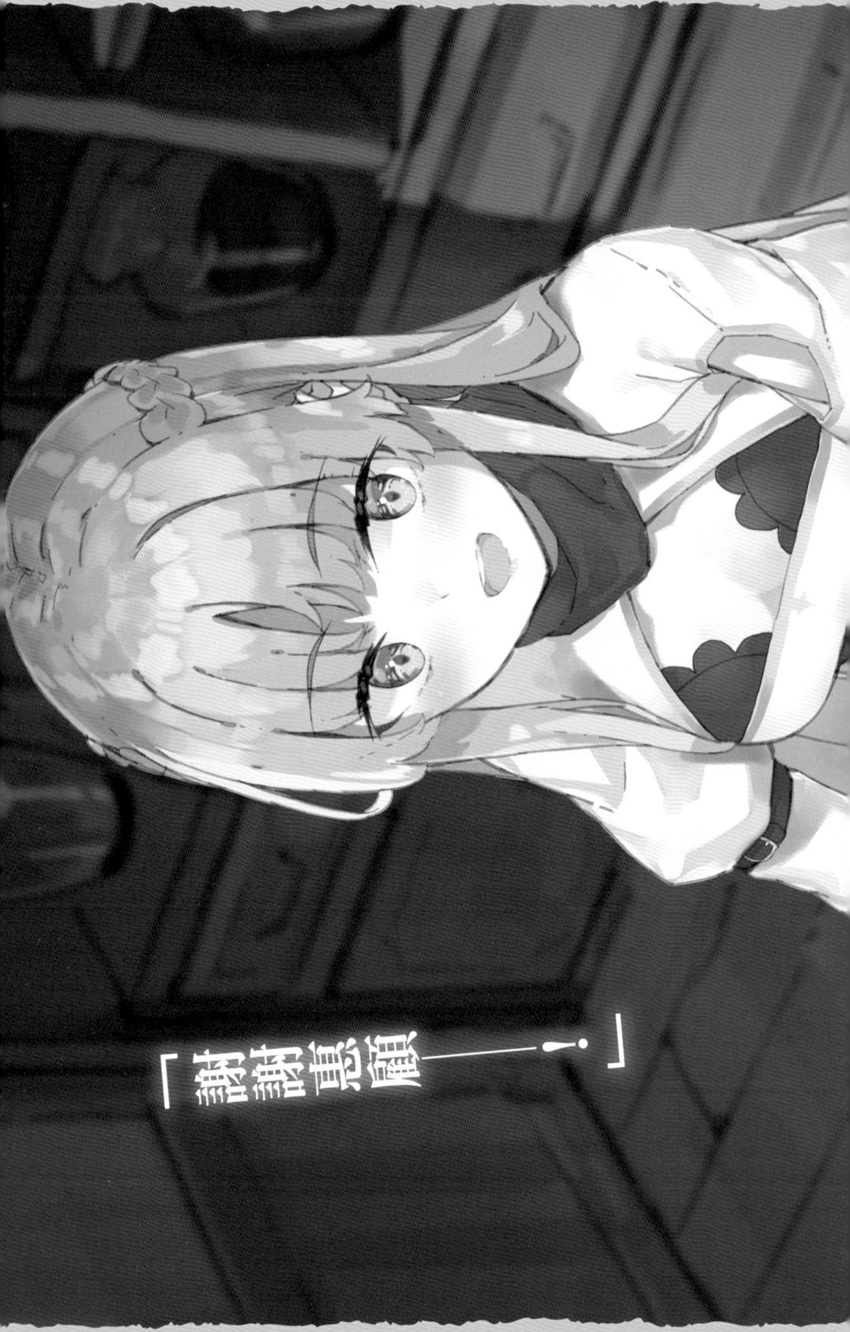
「謝謝惠顧——！」

ざっぽん
插畫／やすも
因為不是真正的夥伴
而被逐出勇者隊伍，
流落到邊境展開慢活人生9
Banished from the brave man's group, I decided to lead a slow life in the back country.
Kadokawa Fantastic Novels

勇者不會迷惘。

而且也不該迷惘。

既然世間所有生物都會獲取加護，勇者在自己生命耗盡的那一瞬間到來前，無論遭受多麼慘痛的背叛，還是手腳被誰扯斷，或者失去了重要的人……都絕對不能迷惘。

「對，那就是我的職責。」

新「勇者」梵聽了勇者露緹的故事，內心深深地為那種職責感動。

「戴密斯神。感謝祢賜予我的試煉。請祢對我的身體、我的生命，還有與我並肩而行的夥伴們……」

梵打從心底如此祈願：

「請祢在我的一切腐朽殆盡的那一刻來臨前，對成為『勇者』的我賦予試煉。」

魔王船文狄達特的船長室中——

「勇者」梵在上一代魔王曾經待過的這間房內，跪在帶來的祭壇前方，對戴密斯神獻上虔誠的祈願。

而在房間外頭，則傳來船員們的歌聲，那是為了被怪物殺害而死去的同伴們所唱的安魂曲。

歌聲由於淚水而沙啞，露緹如果在場想必也會感到悲傷……可是梵一點感覺也沒有，就連死去的船員名字都不記得。

因為勇者不會迷惘。

# 第一章 勇者應變對策

「勇者」梵與夥伴們前去南洋提高加護等級後過了三天。

店門隨著喀啷聲打開。

「「歡迎光臨！」」

我跟莉特異口同聲喊道。

「嗨，雷德！」

「什麼啊，之前那個高等妖精姊姊不在喔？」

進來的兩人是半妖精木匠岡茲，還有混血半獸人家具工匠史托姆桑達。

「雷德不在的時候藥物有變少，現在倒是補得很齊了嘛。」

岡茲望著藥物櫃這麼說。

「我昨天有山上採藥喔。不過有些藥草在調合前必須先風乾，如果要像以前那樣應有盡有的話，還得花上幾天就是了。」

「哦，才剛收假，你就這麼勤奮工作啊？如果是我的話，就會隨隨便便地摸魚個三天了呢。」

岡茲一邊拿起治宿醉的藥，一邊「嘎哈哈」地大笑。

一旁的史托桑對那樣的岡茲翻了個白眼，同樣拿起了治宿醉的藥說道：

「果然還是雷德的藥最有效了。這樣就不用擔心明天以後的酒局啦。」

史托桑雖然對岡茲翻白眼，但他也講著沒有多高尚的理由並笑出來。

我以溫暖的目光看了那樣的他們倆，後來別開了視線。

「說起來，『勇者』會來佐爾丹真是嚇了我一跳……雖然那傢伙糟到不行。」

岡茲在挑選幾份感冒藥和消毒藥的同時這麼說。

史托桑也說：「就是啊。」點了點頭。他手上拿了三袋藥草餅乾。

亞蘭朵莅莅雖然熟悉藥草的功用，但要運用技能將藥草調合成藥物，就需要其他知識了。

有一部分也歸功於我之前有過不少事蹟，我和莉特經營的藥店現在才會有許多人前來造訪。

結束聖杜蘭特村的假期後，我和莉特回到店鋪，看見的是因為藥物賣得很好，而空空如也的櫃子。

抽屜裡也塞滿了售罄藥物的訂單。

賣得很好和接到訂單的品項都是便宜且沒有急用的藥物。

儘管如此，得知有這麼多人需要我和莉特的店製作的藥物，還是讓我十分高興。

「對了，雷德明天要不要一起來喝酒啊？」

岡茲把手上的藥放上櫃檯並這麼說。

「就是收假的酒局啦。」

「哦——這樣不錯耶，來跟我們說說你們在旅遊地點都發生了些什麼吧。」

史托桑也把身子探過來附和。

要不是現在情勢特殊，我就會隨口回他們說要參加酒局……

「抱歉啊，之後有機會再說吧。下次我會邀你們喝一杯的。」

「嗯，這樣啊，那我就期待那一天的到來嘍。」

岡茲很乾脆地這麼說，沒有繼續糾纏。

佐爾丹人發現對方似乎有什麼難言之隱的時候，就不會進一步深入。

史托桑好像還想說點什麼，不過岡茲擺起手勢制止了他，然後笑著這麼說：

「那麼，你跟莉特小姐的假期過得如何啊？」

雖說不會深入他人的私事，但佐爾丹平民區居民仍然有著喜歡閒言閒語的特質。

岡茲五官端整的妖精面容浮現下流的賊笑。

史托桑也在他身後兩手環胸顯露賊笑。

真受不了……

「這方面嘛，下次一起喝酒的時候我再講到葡萄變成酒為止吧。」

「哈哈哈，真是令人期待。」

佐爾丹今天也很和平。

＊　＊　＊

佐爾丹平民區，紐曼診所。

「啊，雷德先生！好久不見——！」

原本在櫃檯坐著看書的護理師少女艾蕾諾雅，一看見我的臉就露出了人見人愛的笑容。

「妳好。」

「旅遊結束了啊？有帶伴手禮嗎！」

「有一些河魚的魚乾。」

「什麼嘛——醫生應該會喜歡啦，但我比較喜歡甜食欸。」

在大多數居民都很懶散的佐爾丹當中，紐曼可是異於他人地勤奮。

儘管如此，他並不頑固，不僅會和岡茲他們一起過夜生活，雖說酒量不好，但也會喝酒喝得津津有味。

這樣的人品會受到平民區居民愛戴也是理所當然。

要是年齡、資歷的順位排到紐曼，他說不定會代表平民區進入佐爾丹議會呢。

「……嗯，看來和我訂購的一樣，藥物全都湊齊了呢。去年不夠的血針菇今年應該不用擔心了。」

「今年藥草都長得很好。而且還有我妹妹的藥草農園，存貨很充足。」

「真可靠啊。」

確認完藥物後，紐曼便請我喝了杯咖啡。

這狀況有點罕見。

「就算要講場面話，佐爾丹的咖啡也算不上高級品，不過我挺喜歡這個味道。」

「是啊，既樸素，風味也不錯。」

我們享受隨著白色熱氣飄起的香味，並且喝下佐爾丹的咖啡。

「……關於『勇者』梵的事情啊。」

紐曼望著在杯子裡頭搖動的咖啡而這麼說：

「雷德，你覺得他是正牌的『勇者』嗎？」

「聖方教會的劉布樞機卿是他的監護人，克萊門斯教父也正式認可他了。既然這樣就應該有經過多人『鑑定』，如果只是冒名的『勇者』，想必撐不到現在。」

「唔嗯……」

「勇者」梵侮蔑了佐爾丹。

而且他還把鹽龍（Salt Dragon）引了過來，差一點就對佐爾丹造成毀滅性的損害。

受人追究時，梵也毫不隱瞞自己的作為，光明正大地這麼說明：

『讓城鎮燒個精光的話，佐爾丹的人們應該就會去對抗魔王軍了。』

梵是不是沒有辦法想像，聽見這番話的人們會有什麼樣的反應？

由於有樞機卿這個後盾，梵並不會直接受到迫害，但佐爾丹人就不太會想幫梵做什麼事。

這種狀況也只能說是理所當然的後果。

站在梵的立場，幸運的是佐爾丹軍有從國外購買二手帆船，藉此補充在對抗維羅尼亞王國的海戰中失去的船隻，而運來那些二手船的外國船員就待在佐爾丹的港口。

要讓蒸汽驅動的巨大魔王船文狄達特航行，所需船員似乎比一般大型帆船少……雖說我不曉得具體人數，但要使那麼巨大的船舶動起來，應該還是需要幾十人吧。

將港區中等待下一條船到來、喝得爛醉的外國船員聚集起來之後，才有辦法讓魔王船航向南洋。

「也因為這樣，港區的每一間旅店都安安靜靜的呢。」

「來我這裡的患者曾抱怨禮儀很差的客人太多，所以這樣子剛剛好啊……我只跟你說啊，跟我抱怨的人可是旅店老闆。」

紐曼聳了聳肩。

「不過那些船員可是和劉布樞機卿上了同一條船，沒碰上慘況就謝天謝地了。」

「……紐曼醫生，難不成你以前有見過劉布樞機卿？」

紐曼把杯子放到桌上之後，便嘆了一口氣。

「那是很久以前的事情了，看在樞機卿的眼裡，當時的我想必也只是路邊的小碎石……那個時候，劉布樞機卿還只是個年輕的異端審問官。」

劉布當上樞機卿之前的職業是異端審問官。

他以異端審問官身分四處活躍的時候，我才剛加入巴哈姆特騎士團，從未與他有所關聯。

所以我不曉得他是怎樣的一位異端審問官。

「我想想啊……用一句話來形容，就是很好說話的異端審問官吧。」

「很好說話的異端審問官……是嗎？」

看了紐曼的表情，就知道他那番話並不是在稱讚劉布。

原來如此。

「他那樣子應該過著不錯的生活吧。」

「哈哈哈……」

看來劉布是會利用權力收受賄賂的那種異端審問官。

與不帶惡意卻自以為是，進而讓人受苦的異端審問官相比，劉布或許還算好了……

「教我醫術的師父十分貧窮……他的原則是『把病治好最重要，醫療費日後再給也沒關係』。」

「紐曼醫生會有那樣的作風，也是受到那名醫師的影響吧。」

「我反而是以前一直看師父辛苦治病，現在才會確實地收下醫療費呢。師父老是拿豆子湯當作午餐，不過那對當時的我來說真的是難以下嚥。和那時相比啊，現在的我可是有辦法隨時隨地吃我喜歡吃的東西了。」

說完這句話，紐曼的神情就變得險惡。

「師父很窮，所以他根本沒東西可以拿給劉布異端審問官。而且師父的個性又不懂變通，他是會說出『如果有錢拿去賄賂，還不如拿去治療疾病』這種話的人。」

「所以他就被盯上了？」

「對……師父實際上是在免費醫病，其他醫師就把他視為眼中釘。他們賄賂了劉布，要劉布放逐師父。」

「放逐……」

「劉布捏造出莫須有的罪名，說師父不收醫療費還在經營診所，是因為私底下有在製作毒品。他還說那是違背『醫師』加護的行為，需要加以導正，就把師父給帶走了……那一幕現在仍然清楚地烙印在我的記憶當中。」

「劉布對他做了什麼？」

「師父的雙手被砍斷，理由是要讓他無法再製作藥物。」

「……真殘忍啊。」

「劉布說那樣就可以讓師父遵循『醫師』加護的職務，專心治療他人了。但我看見師父變成那副模樣，當下真的很難受。」

「那麼，那位醫師後來怎樣了呢？」

「我隔天去診所的時候，師父已經離開城鎮了。桌上還留下了筆跡潦草至極的醫術書……八成是用嘴巴叼著筆寫出來的吧。真令人傷腦筋，儘管我一直在擔心師父，但師父真的是一名不折不扣的『醫師』啊。」

我第一次聽紐曼述說自己的過往。

……他不想講這些也是理所當然的吧。

「不知道師父他現在過得怎樣，要是還活著就好了……老實說，我後來會流浪來佐爾丹這裡，也是想說師父會不會也來了這個邊境。可是很遺憾地，他沒有在這裡。」

說到這裡之後，紐曼喝下一口咖啡，緊繃的嘴角也放鬆了下來。

「不知不覺就講了一大段，但我擔心的是眼下的狀況。」

「劉布樞機卿和『勇者』梵的事情啊。」

「劉布這個男人會為了金錢而將無罪的人塑造為罪人。我沒辦法相信那種男人會為了世界和勇者犧牲奉獻。」

紐曼心裡或許是在想，以前曾經毀過恩師的劉布，說不定正在破壞佐爾丹這個地方的安穩生活。

的確有可能會演變成那種情形。

劉布應該沒有半點想要毀滅佐爾丹的想法，可是聽媞瑟的說法，劉布好像覺得梵無論在佐爾丹這裡經歷怎樣的失敗都可以累積經驗。

畢竟劉布樞機卿可是聖方教會這個大陸最大組織的最高幹部之一，邊境小國無論落入怎樣的下場，對他而言都是芝麻蒜皮的小事。

真是令人不爽。

「我只是個城鎮裡的小醫生，那天只能從異端審問官的身邊逃走，不過雷德你應該跟我不一樣吧？」

「……是啊，我確實對自己的身手有點自信，身邊也有可靠的夥伴……而且我不像紐曼醫生你那樣擁有拯救病人的力量，所以不一樣呢。」

「……既然如此，我就以一名醫師的身分，盡我所能地付出吧。」

「嗯，我也向你保證，我會盡我所能做到最好。」

「謝謝你，雷德。看來我剛才真的是懦弱起來了呢。」

紐曼這麼說並笑了出來。

他原本緊繃的內心好像放鬆了下來。

我也笑著回覆他：

「還有啊，我有可愛的情人在身邊，紐曼醫生卻還是單身，這點也不一樣吧。」

「哈哈哈……雷德你真會說話啊……我能不能揍你一拳？」

我們兩人有說有笑，這樣的對話很有佐爾丹午後的風格。

總有一天，我也想和教導紐曼醫術的那名醫師見上一面──我心裡這麼想。

＊　＊　＊

我和說自己肚子痛的患者擦身而過，離開了診所。
在豎立於路邊的灰木上，白色花朵已經開始凋零。
草木逐漸從春季的顏色轉變為夏季色彩。
距離夏天到來還有一小段時間，不過今年或許會比以往還要炎熱。
如果是那樣，佐爾丹的人們應該都會懶懶散散的吧。
「有四個急件要送！」
「是！」
染坊老闆和他的孩子大聲喊叫。
十四歲上下的少年揹著大箱子，踩著不太穩的腳步跑了出去。
這些人們住在佐爾丹的時間比我還要久。
想必是預料到今年夏天根本就不會有心情工作了吧。
總覺得大家想趁現在多工作一點而十分賣力。
「要在這個月之內達到加護等級四！」
「「喔喔——！」」

三人組冒險者一邊提振精神一邊步行。

嗯，是「鬥士(Warrior)」、「僧侶(Cleric)」、「職人」組成的隊伍啊。

應該是有其他本業的兼職冒險者吧。

他們身穿整修過的舊鎧甲，洋洋得意地前去城外狩獵怪物。飛龍來襲明明就是不久前的事情，真不知道他們這樣算是強健還是悠哉。

「佐爾丹就是這點好吧。」

我小聲地如此低語。

「是啊，我也這麼覺得。」

有人這樣回覆我。

「亞蘭朵菈菈。」

「午安啊，雷德！我正好想找你聊一聊呢！」

笑容如花的高等妖精——亞蘭朵菈菈就站在那裡。

＊　＊　＊

黃昏時，在雷德&莉特藥草店。

「謝謝惠顧。」

目送最後一位客人後，我把店門關上。

「賣了不少啊～」

今天早上才補充過不少，不過藥櫃又變得空盪盪了。

今天就熬夜準備藥物吧。

明天還得去一趟露緹的藥草農園呢。

「嗯，來吧。我的農園很有精神，能幫上哥哥的忙。」

露緹在我的身旁，學我雙手抱胸並點點頭這麼說。

「既然都決定好明天要做什麼了……」

我轉向背後。

「就來報告收集到的情資，商討勇者應變對策吧。」

現在在我店裡的有我、莉特、露緹……

「好啊——來想一想該怎樣把那個勇者小子轟走吧！」

「我們是要在不引戰的狀態下將他趕出佐爾丹才對吧。」

「無論如何，他都是很難應付的對手。」

還有達南、亞蘭朵菈菈、媞瑟。

與曾為勇者的露緹一同奮戰過的夥伴們齊聚一堂。

「偵測魔法。」

亞蘭朵菈菈的魔法擴展至周遭。

「沒人偷看也沒人偷聽喔。」

「也沒有不用魔法就躲藏起來的人。」

媞瑟接著這麼說。

想必沒有任何人可以同時瞞過亞蘭朵菈菈的魔法，以及媞瑟的感知能力吧。

＊　＊　＊

我家的起居室——

六名英雄坐在以蠟燭火光照亮的房內。

「首先是最後確認。除了『勇者』梵一行人以外，佐爾丹這裡應該沒有其他會援助『勇者』梵的教會軍勢了吧？」

「嗯，確實沒有。」

亞蘭朵菈菈如此回答。

其他同伴也點點頭。

「劉布樞機卿似乎是認為，只要有他自己手邊以及取自於教會的資金，就能夠讓佐爾丹聖方教會和冒險者成為他的棋子了。」

「我有去調查所有旅店，沒有發現跟他們一夥的旅行者。」

媞瑟和露緹這麼說。

「假如真的有那種人存在的話，我和亞蘭朵菈菈在對打的時候，應該早就露面了才對啊。」

「我也有去找冒險者打聽消息。募集文狄達特船員的時候，一開始的要求是要C級以上，但他們後來發覺這樣子沒什麼人應徵，好像就把條件下修到D級冒險者了。」

達南和莉特也如此回答。

「假如有其他人手可用，就沒必要那麼拚命地僱用冒險者了。」

既然這樣應該就不會有錯。

「只需要注意梵那夥人的話，就比較好應付了呢。」

「畢竟教會的菁英不容忽視啊。」

教會是阿瓦隆大陸最大的組織，自然也聚集了優秀人才。

就像蒂奧德萊，她成為我們的夥伴之前，也曾在教會擔任指導槍術的代理師傅，而她那時也不是教會最強的戰力。

雖說蒂奧德萊在對抗魔王軍的戰鬥中有所成長，現在的她應該無人能敵，但教會可不是能夠等閒視之的對手。

「劉布樞機卿大概打算獨占勇者的功勞吧。」

「無論如何，這對我們來說都是好事。」

我也同意莉特所說的話。

「那麼，該注意的就是『勇者』梵的夥伴了。」

「就先以蒂奧德萊……不，愛絲妲給我們的情資作為基礎，來整理一下目前已知的事項吧。」

莉特把三張紙放在桌上。

各張紙上分別記載了梵隊伍成員的名字、肖像畫、經歷。

「順帶一提，肖像畫是我畫的。」

媞瑟挺起小小的胸脯這麼說道。她肩上的憂憂先生也很得意的樣子。

那確實畫得很好。媞瑟會做溫泉評論，也會創作書籍，真的具備許許多多不可思議的特技。

多虧媞瑟，我心中對於殺手的印象大大地改變了。

我妹妹的摯友很有趣，個性也充滿魅力。

「首先是『勇者』梵．渥夫．弗蘭伯格。」

莉特的手指凜然地指向一張紙，那張紙上畫有表情看似天真無邪的少年。

「受到魔王軍毀滅的弗蘭伯格王國王族的最後倖存者。王位繼承順位較低，自小就被寄養在阿瓦隆尼亞王國的修道院。弗蘭伯格王大概是想讓兒子成為聖職人員，藉此強化與教會之間的聯繫吧。梵也因為這樣幸運地躲過了戰火。」

「原來是在修道院長大的啊，看來對俗世不太熟悉。」

修道院。

聖方教會這個巨大組織，必須和俗世的權力有著密切來往。

在這樣的情況下很難度過只遵循神之律法的生活，無論是多麼虔誠的聖職人員，都會需要為了凡人的律法而讓自己暫時違背神的律法。

若要將神的教誨說明給世人理解，光是朗誦神的律法也不會得到人們的支持。必須了解世人如何生活、想像世人期盼什麼，並且思考該怎麼做才能傳遞神的教誨。

神的話語會因此變作聖職人員所思考的、為世人著想的話語……至少有一批聖職人員是這麼想的。那種人所建立的就是修道院。

修道院並沒有開放給一般教徒。

洛嘉維亞公國的莉特公主有在笑出來的時候遮住嘴巴的習慣。

她這樣的小動作也很可愛。

「咳。」

亞蘭朵菈菈很刻意似的清喉嚨。

真不應該，我們講著講著就扯開話題了。

莉特紅著一張臉，把話題拉回和梵有關的事情。

「……關於梵的經歷，我們知道的太少了。他被弗蘭伯格王室送至阿瓦隆尼亞的修道院，就在那裡成長，並且在僅僅幾個月前的冬天聲稱自己是『勇者』，出現在萊斯特沃爾大聖砦。」

「他是在那時遇見了劉布樞機卿嗎？」

「對，梵雖然被守門人趕走，但好像還是露宿在外，連續好幾天都待在門前喔。劉布樞機卿看不慣那種狀況，就把梵喚進門內，聽取梵的說明，進而察覺他確實具有『勇者』的加護。」

「只有『樞機卿(Cardinal)』加護的持有者能成為樞機卿，『樞機卿』沒有『賢者』或『聖者』那樣看透加護的『鑑定』技能。只是交談，真的有辦法確定梵就是『勇者』嗎？」

我說的話讓莉特兩手環胸，深入思考。

「『勇者』以前只是一種傳說，不曉得是否真實存在，不過在目睹『勇者』露緹這個確實存在的人物之後，說不定真有辦法辨認出來。」

「唔嗯……」

劉布最後或許有找聖地中擁有「鑑定」技能的「聖者」加以調查，可是就我對劉布的印象來看，我不覺得他是那種會聽信少年無憑無據的說詞，進而打算證明少年確實是「勇者」的那種人。

「得到教會認可之後，梵就一直狩獵怪物提高加護等級啊。」

達南望著梵經歷中的最後一段這麼說。

「提高加護等級的途中失去了不少的夥伴呢。」

「就是劉布從教會張羅的那些戰士吧。這就代表，那小子早就對夥伴死去的狀況習以為常了。」

「『勇者』加護應該會讓他沒辦法捨棄夥伴才對吧？怎麼會出現這麼多死者的狀況呢？」

亞蘭朵菈菈好像覺得很困惑。

「這就是先後順序的問題了。」

我回答亞蘭朵菈菈的疑問並這麼說道。

「先後順序？」

「對。比方說，露緹上過許多次戰場，但她從來沒有因為士兵遭到殺害就被牽制住，因而無法戰鬥吧？」

「這倒是。」

「只要能夠理性地認為那是『勇者』盡責拯救世界時所需的犧牲，就不會引發衝動。畢竟每死一名士兵就無法行動的話，根本就沒辦法拯救世界啊。」

「可是梵的夥伴只是一般的怪物獵手耶？」

「梵心裡認為就算只是狩獵怪物，自己的同伴也有死去的必要。只要打從心底覺得讓『勇者』成長比同伴的性命還重要，『勇者』加護應該就會允許他捨棄同伴。」

「我無法接受！」

「對加護了解得愈深入，就愈會發現許多難以接受的事實喔。」

我露出苦笑。

加護是神創造出來的東西。

就算以人類律法來看會無法接受，神的律法仍會主張加護是正確的……不過我們是人類。

「真是讓人愈來愈不爽了。」

達南握緊拳頭而震怒。

他那張因憤怒而鼓起血管的面容，具有一般冒險者光是目睹就會嚇暈的魄力。

「那種混帳怎麼可以當『勇者』！」

「那是神選出來的，而且加護的職務與實際情況相斥也是常有的事。」

「可是他好死不死是『勇者』啊！」

我有點意外。

達南以前明明說過，他是因為要在最短時間內打倒魔王，才會成為露緹的夥伴。

可是，我從達南剛才的話語中感受到，他對於「勇者」這種存在懷有強烈的情感。

「我很理解你的心情，但你得冷靜點。」

亞蘭朵菈菈訓了一下達南。

不過，她那番話也透露出她對於達南所說的話深感認同。

亞蘭朵菈菈先前一直否定「勇者」這種讓個人背負世界命運的系統，而她有著和達南一樣的想法……

看見我的表情，媞瑟露出了微笑。

「那段時期的露緹大人應該沒有顧慮到我們，但我們可是一直看著露緹大人的身影。就是因為那樣的身影讓我們湧起深刻的情感，我們才有辦法在打倒魔王軍拯救世界的絕望旅途中一直撐下去。」

「……這樣啊。」

討厭「勇者」的露緹面露複雜的神情，不過那並非只有負面感情而已。

總有一天，那段旅程也會變成美好的回憶吧。

我心裡希望會那樣。

「……關於梵的事情差不多就這樣了吧。該怎麼說呢……能探討的內容不多耶。」

莉特面有難色地這麼說道。

「如果要批判梵的思想，倒是有滿多東西可以講的，可是單純探討梵這個人的話，就真的沒什麼好說。他真的太耿直了，構成梵這個人的要素很少。」

「梵的世界很狹隘。」

露緹以冷淡的嗓音這麼說：

「梵的世界只有梵和神明而已……沒有父母、沒有朋友，也沒有心愛的人。」

「世界很狹隘啊。」

露緹的說法應該沒錯。

不過梵的強大就源自於那個狹隘的世界，這點也是事實。

「正是因為梵的世界很狹隘，他才不會懷疑基於信仰的自身價值觀，也因此不會迷惘、不會屈服。畢竟梵的世界不會理睬其他人的欲求，其中也沒有任何事物會否定梵的價值觀。」

梵具有被露緹揍了之後，陷入半死不活的狀態還能笑著要打倒露緹的精神特質。

而且，他要打倒露緹的理由單純是為了讓自己的「勇者」有所成長。

完全不合理的「信仰」邏輯。

在我們這群人當中，沒有人能夠做出推翻那種堅定信仰的神學爭論。

「在我們之中，只有蒂奧德萊沒有遠離教會呢。」

「明明就是神選出來的『勇者』隊伍。」

不過我們也因為這個原因，在蒂奧德萊成為夥伴的萊斯特沃爾大聖砦那場戰鬥中不受信賴，費了很大一番工夫就是了。

「如此這般，我們就照一開始擬定的目標，去對付劉布和菈本妲吧。」

「我同意。」

雖說我身為「引導者」，不會對「勇者」梵的作風和態度毫無意見，但現在不是思考那些事的時候。

假如有什麼契機的話倒是另一回事……但現在就專注在夥伴們上頭吧。

「既然這樣，重點就是劉布樞機卿和仙靈菈本妲了吧。」

只是這樣，達南便釋懷並大笑出聲。

「可是我們對於菈本妲這個對手沒有什麼已知的情資，交涉會有勝算嗎？」

媞瑟說的話讓莉特搖頭。

「沒有半點能讓我們覺得有勝算的資訊。首先要在交涉途中，打探出菈本妲到底在想什麼。不過我也不是一點頭緒都沒有。」

「妳有頭緒？」

「因為我也在談戀愛，就這點而言，我應該很適合去理解菈本妲。」

莉特臉蛋有點泛紅地如此斷言。

「就是這樣了，要說我們當中誰有可能成功，也就只有莉特而已。」

我這麼說並做個總結。

「那麼，接下來是劉布。」

我拿起剩下的一張紙。

「他的經歷可是充實到用口頭說明會很麻煩……寄宿在他體內的是『樞機卿』加護。職涯很典型，以前是做盡不法行為的異端審問官，後來被選為樞機卿。」

「他就叫劉布？沒有姓氏？」

「他好像沒有姓氏的樣子。出身是阿瓦隆尼亞王國西部，似乎生於負責照顧馬匹的家庭。」

「不是聖職人員或者貴族的家境呢。」

「他好像是單純依靠『樞機卿』加護進入教會後才出人頭地，異端審問官時期收賄累積的資金，應該也都是為了成為樞機卿而準備的。他會變成一名做盡壞事的異端審問官，說不定是因為老家沒辦法給予他金錢上的援助。」

他或許是為了理想才會染髒雙手，可是……

「不過，那傢伙現在一定也很貪求金銀財寶。」

亞蘭朵菈菈這麼說。

就我調查到的情資來看，他在樞機卿時期也曾在一些場合展現出貪婪。

「想必是目的和手段對調了吧，銀幣的光輝就是有著那種魔力。」

然後他就成為了一名貪得無厭的樞機卿啊。

「不過，那麼淺顯易懂的個性就有很多機會讓我們趁虛而入。」

自私自利正是最容易理解的行動原理。

「好，劉布就交給我去應付吧。」

「雷德你要應付？可是劉布不是看過雷德的長相嗎？」

以前旅行的時候，我、露緹、達南在聖地戰鬥時有被劉布看過長相。

真是可愛。

「哥哥，你昨天製藥弄到很晚才睡吧？告訴我需要的種類和數量，我就會幫你準備喔。」

「我想想啊……那今天就交給露緹好了。」

「嗯，交給我吧。」

露緹幹勁十足地握緊雙拳。

雖說我以前受過一晚不睡也沒什麼影響的訓練……但我現在沒必要像以前那樣只靠自己努力。

我把寫上所需藥草的筆記遞給了露緹。

「了解。」

露緹在額頭前方伸直手指並如此回答。

拿起道具的露緹得意洋洋地前去藥草田。

她身穿平凡的鄉下少女那種適合下田工作的樸素衣裝，這樣子的外觀充滿和平氛圍，也正是我以前夢寐以求的景象。

我一定要守護好這個景象才行。

「雷德先生。」

媞瑟的聲音傳了過來。

我回過頭去，便看見媞瑟拿著冒出白色熱氣的杯子。

「應該會需要花一些時間，還是到小屋裡頭等待吧。」

我和媞瑟一起進入建在農園旁邊的小屋。

小屋裡頭的事務所用品比我以前過來的時候更多了。

「除了雷德先生以外，想要向我們購買藥草的客戶也變多了。」

維羅尼亞王國那件事讓露緹的名字在佐爾丹眾所皆知。

露緹的藥草農園還沒有什麼實績，不過打響名聲之後，也會有人想要和她們交易看看吧。

「儘管如此，這農園只有我和露緹大人兩人打理，沒辦法接下那麼多訂單。」

「僱人幫忙的話可以讓規模更大喔？」

「不必那樣，一開始我就和露緹大人討論過，我們並不是想靠這座藥草農園賺大錢，是要用來過幸福的生活。」

媞瑟露出安穩的微笑，喝下杯中的紅茶。

我也喝下一口。

有加蘋果果醬的紅茶很合我的胃口。

強的啊。」

「不過露緹就算沒有『勇者』加護，也是個劍術天才呢。」

「那應該是因為，教她劍術的人是雷德先生喔。」

「因為是我？」

媞瑟輕笑了一聲。

「受到珍視的人教導，拚勁就會很不一樣了。」

「原來如此，說起來的確是有這方面的要素。」

徒弟和導師搭不搭很重要。

「那麼，就雷德先生的眼光來看，『勇者』梵的作風是怎樣的呢？」

「他是無敵的勇者。」

「無敵？」

媞瑟的眼睛微微睜大。

她擁有隱藏表情的技術，現在這種表情代表她十分驚訝。

「梵的『勇者』並沒有敵手。」

「居然連雷德先生都說到這種地步啊……」

「不，我不是那個意思。」

我講得不太好啊。

為了說明，我把話繼續講下去：

「梵的目標是成為一定會勝利的『勇者』。他的技能以耐久力為重，而且還可以用『治癒之手』的專精技能『反轉』，將傷害轉移給別人。那的確是強大的招式搭配……但他並沒有設想任何敵手。梵會使出最強的攻擊，無論對手怎麼攻打他，他都會贏。」

「原來如此……這樣我理解了。在梵的劍法當中，只有『自己使出最強的招數就會獲勝』這樣的原則呢。」

為了不輸給任何對手，露緹有設想各式各樣的敵人。相對地，梵則是追求無論面對怎樣的敵人，都能用同一招取勝的強大。

兩者的原則相像，執行方向卻正好相反。

「那是擁有高階加護或者某項技藝特別高強的加護的人會有的想法。既然他有『勇者』這種最強加護，會有那樣的作風我是能夠理解……但如果是我，就不會選擇那種作風了。」

「我也不會呢。作為殺手，觀察事物比什麼都更重要。雖說我也有必定能取勝的劍法，但如果只靠那麼一招，總有一天一定會被人擊殺。原來如此，梵的世界很狹隘。」

梵的世界很狹隘。

這一點就決定了梵這個「勇者」的作風。

「我是不曉得梵是否能對抗魔王軍到最後一刻，可是現在的梵絕對贏不了露緹。如果打倒梵就能解決一切，事情就簡單了。」

「因為梵雖然依賴著『勇者』的力量，但露緹大人是更勝一籌的『勇者』。」

「沒錯。」

在露緹被人盯上的現況下我還有辦法這麼鎮定，也正是因為我如此確信。

「可是露緹的強大沒有辦法讓梵的內心屈服。因為梵的劍法沒有敵手。」

「意思是他不知道自己絕對沒辦法贏吧。」

「很難說他那樣算不算是『勇者』呢……那或許是面對無法取勝的對手，仍然能不屈不撓奮戰的勇氣吧。」

「找尋能夠取勝的方法並且取勝，才算是『勇者』吧？」

我聳了聳肩。

「我跟梵對戰後感受到的差不多就這樣，能作為參考嗎？」

「我想想……我應該理解梵到底是哪裡讓我覺得可怕了。只不過，我還沒辦法好好地用言語說明。」

「對手可是『勇者』，可以確定的是他和我們之前應付過的任何敵人都不一樣。」

說完這句，我為了讓媞瑟安心而露出笑容。

「不過啊，我們現在的行動目的是不要和梵戰鬥。要是過於警戒，因而忽略眼下的日常生活，不就很可惜嗎？」

這時門扉應聲開啟。

「哥哥，藥草這樣就齊了。」

「辛苦妳了，我看一下。」

「嗯，給你看。」

露緹遞出來的籃子裡頭整齊地塞滿了我需要的各種藥草。

這樣子看下去，哪一種藥草有多少數量就一目了然。

真不愧是露緹。

「謝謝，我拜託妳的都有湊齊喔。」

「嗯。」

露緹得意地微笑。

真是可愛。

「這樣店裡的存貨就夠了。畢竟現在情況特殊，我想避免去山上採藥草啊。」

「我有幫上哥哥的忙嗎？」

「當然有，妳幫了很大的忙喔，露緹。」

「嗯呵呵。」

看見露緹似乎很開心的笑臉，我也開心了起來。

撫摸露緹的頭之後，她就緊緊地抱住我的身體。

「今天也是美好的一天。」

明明還是早上，露緹卻滿懷幸福似的這麼說。

＊　＊　＊

回到店裡後就得開始進行調合藥物的作業。

我把櫃檯交給莉特負責，在工作室費力調合藥物。

「用於藥草餅乾的補藥這樣就可以了。熬煮過的藥草就取走上清液的部分，跟這邊的抹料混合……」

我並沒有讓調合速度變快的技能。

所以，作業快慢端看我怎麼有效率地利用時間。

我把排在桌上的沙漏倒過來放，在熬煮和蒸餾作業的途中，也同步進行磨碎或混合

時候反而是步驟較少的菜色會比較好吃。

果醬和沙拉醬都是我之前做好的，至於燉番茄蠶豆用到的醬汁，則是用我今天早上煮過的湯來調味。

麵包是從麵包店出爐的。而作為甜點的水果只有切過而已，料理技能並不會影響到滋味。

荷包蛋、香腸、香煎番茄與蘑菇這幾道菜色都是直接煮熟，並且用鹽巴調味。

「好吃。」

我吃下一口後說了這樣的話。

真不愧是莉特。

她冷靜地看待加護賦予她的料理技能的極限，選擇了符合自己能力又能做得最好的菜色。

我從這些簡單又美味的菜色中所感受到的，是莉特真心想要讓我吃到美味餐點的情意。

就如莉特所說，這些菜都充滿著莉特對我的感情。

所以才會這麼美味。

＊　＊　＊

「來，盤子給妳。」

「謝謝！」

在廚房裡——

我和莉特肩並肩地清洗著餐具。

我用椰子纖維製成的刷子清洗餐盤，莉特再用布把它們擦乾淨，放回餐具櫃中。

為了更容易去除汙垢而泡在裝滿水的桶子內的餐具逐漸減少……

「這是最後一個了。」

「既然都最後了，就特別用心地擦亮吧！」

莉特手上的盤子摩擦出「啾啾」的聲響。

「好了，完美無缺！」

莉特開心似的笑著。

站在那樣的莉特身邊的我，當然也開心地笑了出來。

「辛苦妳了，莉特。」

「辛苦你了，雷德。」

處理完餐具的我們兩個這麼說完並擊掌。

然後我們緊緊地抱在一起，互相在對方的臉頰上親吻一下，再返回工作崗位。

我再次前往工作室。

「哼哼——♪」

我不禁哼起歌來。

這代表我心情也有變好。

「也來製作泰坦蟹甲殼的粉末和灼熱石的粉末吧。」

雖說兩者都是稀有材料，但要做出一帖藥的話只需要用到幾公克的量而已。

儘管先以材料的形式保存，粉末不夠用的時候，再拿一個指甲尖大小的碎片來磨也來得及，不過現在時間充裕，先磨成粉也沒關係。

我把磨出來的粉末重新裝到瓶子裡，再收進櫃子裡頭。

與此同時，我也將熬煮多時的溶液與其他藥草混合，並且加入蜂蜜做成藥丸。

最後將做好的藥物分成小份量，作業就結束了。

「呼，這樣子庫存就都補好了……真是費了不少工夫。」

看見擺滿藥物的櫃子，我對於自己的努力自吹自擂。

往窗外一看，便發覺已經是黃昏時刻。

「剛好趕上打烊時間啊。去莉特那裡看看好了。」

我換掉髒衣服之後，前去店面。

「謝謝惠顧——！」

結果剛好碰上顧客買完藥，莉特對顧客背影送別的狀況。

店裡還有兩名顧客，似乎正在選藥的樣子。

「啊，雷德！調合作業結束了？」

「嗯，處理得十分完善。」

「太好了，辛苦你啦！」

莉特的肩頭顫抖了一下。

她肯定是想來抱我，但因為有客人在就硬是忍耐。

由於我也感受到了那種欲望，所以一定不會有錯。

「耶嘿嘿，離打烊應該還有三十分鐘左右吧，要怎麼度過呢？雷德去休息也沒關係的。」

「不，我要和莉特一起工作喔。」

「這樣啊，耶嘿嘿。」

我又站到莉特的身旁。

我們倆在櫃檯肩並肩，一下子數錢、一下子包藥給顧客，或者說明藥物功效。

雖說休息一下是不錯，像這樣和莉特一起工作也很棒。

只要莉特像這樣待在我的身邊，我一定會時時刻刻都覺得現在這一瞬間的人生很美好吧。

「「謝謝惠顧──！」」

即將打烊的一刻。

我們目送最後的顧客。

那名冒險者是過來買明天冒險時要用的藥物，他露出鬆了一口氣的表情，說著：「要是沒有的話不知道該怎麼辦。」並且向我和莉特道謝。

「藥賣了很多！餅乾今天也有賣完！嗯──有一種努力工作過的成就感！」

「我們沒有推出什麼新商品之類的，顧客卻變多了呢。」

「這代表雷德&莉特藥草店的名聲更好了喔，就算沒有特別的商品，覺得藥物就是該來這裡買的顧客還是有變多，真令人開心呢！」

「是啊，這間店的招牌……雷德&莉特藥草店留在各式各樣的人的記憶當中，真的會讓人很開心。」

單純當藥商的雷德和莉特，在佐爾丹這個地方找到了歸宿，並且快樂地生活著。

「好了，來收工吧！」

「嗯！」

把櫃檯交給莉特之後，我拿起掃帚走出店外。

在門口掛上「已打烊」的牌子。

「好嘍。」

我忽然看向上方。

店門口的門扉上方有著寫上「雷德&莉特藥草店」的招牌。

「……唔嗯。」

我先回到店裡頭。

「怎麼了？」

莉特不知道我為什麼會這樣。

「沒啦，就突然有點想把招牌清理乾淨。」

我拿出洗手間裡頭的毛巾和水桶，以及置物間裡的梯子，再次前去招牌前方。

首先要先乾擦。

用乾毛巾把積在招牌上的塵埃擦下來。

「不知不覺間變得挺有威嚴的啊。」

原本還亮晶晶的全新招牌像這樣一直掛著，就隨著日積月累讓髒汙變得很顯眼。這簡直就像在訴說這間店走過的歷史一般。我有一點點陷入感傷之中，並且持續清理招牌。

乾擦結束後，用桶子裡的水洗過毛巾，然後換成濕擦。

後來整個變乾淨的招牌，和全新的時候相比又有一種不同的風情。

我從梯子下來後望過去，就深深覺得當初真是讓人幫我做了一個很不錯的招牌。

＊　＊　＊

晚上——

我把店門鎖上後回了頭。

「那我走嘍，莉特。」

「嗯，路上小心。我也要走了。」

「好，妳路上也小心。」

我們兩人在月光下如此交談後，微微笑了出來。

然後我們各自往不同方向踏出腳步。

我是去收集能夠用來說服劉布樞機卿的情資。莉特也差不多，是去收集菈本妲的相關情報。

關於菈本妲，可以說幾乎沒有資訊……我不曉得到底該怎麼說服她，所以就交給莉特處理。

我只要做我做得到的事情就好。

我的目的地是位於中央區的佐爾丹聖方教會。

用敲門器敲擊門扉之後，裡頭就傳出聲音。

「你很準時呢。」

我聽見以緩慢步伐靠近門扉的聲響。

門打開後，便看見身穿居家服的席彥主教站在裡頭，他帶有皺紋的臉龐浮現了笑容。

「佐爾丹人的時間觀念很鬆散，你這麼準時過來讓我不禁嚇了一跳。」

「哈哈，席彥主教不也是佐爾丹人嗎？」

「我有在中央的教會留學過。要是有睡過頭的行為，負責教學的助理祭司可是會十分嚴厲地懲處我們。」

「在教會居於人下也挺辛苦的啊。」

「雷德先生看起來也有在居於人下的時期，經歷過辛勞的工作吧。」

哎呀。

「哈哈，我只是隨口說說，沒有要打探雷德先生的過往。」

席彥主教這麼說並笑了出來。

「進來吧，我們站在這裡講這些話的時候，水好像燒開了。其實你來得太準時，我連茶水都還沒準備好呢。」

「這真是太感謝了。白天雖然暖和了許多，晚上還是有點冷啊。」

我進入教會裡頭，席彥主教帶我去他的房間。

我和他面對面坐下來。

「好了，你應該是有什麼事情想問我吧。」

「……就是劉布樞機卿的事情。」

席彥主教的表情變得很嚴肅，並且點頭。

「果然如此啊。」

「為了不讓教會以軍力介入佐爾丹和維羅尼亞之間的戰爭，我們有請席彥主教去交涉，聽說你在那邊有跟劉布樞機卿談過話。」

「對，劉布猊下是主戰派的，也有積極地推動軍事介入。我必須搬出能讓猊下接受的理由。」

「你覺得他怎樣？」

「嗯……畢竟我是邊境的聖職人員，很久沒有到外頭去，對於自己看人的眼光也不太有自信了……如果你想聽我這樣的人對他有什麼印象，我是可以說說。」

「我想要聽聽看。」

「劉布猊下給我的印象是很好說話的人。」

連席彥主教也覺得他很好說話啊。

「由於我聽說猊下是主戰派，原本以為是一位很嚴厲的人而有所戒備……然而實際會面時，猊下臉上帶著一張笑容，也很穩重地聆聽我的意見。」

「……你覺得他是個不錯的聖職人員嗎？」

「我認為是一位對於利益十分敏感的人。」

劉布應該是在那個時候理解到主張繼續戰爭的壞處，因而收手的吧。

交涉的方向果然要抓在「讓他理解到留在佐爾丹不會有好處」呢。

「只是……」

看見我在深思的席彥主教帶著銳利的目光……那並非聖職人員，而是一名冒險者的目光，並對我說道：

「以前教導過我、現在已退休的助理祭司告誡我『千萬不能信賴劉布猊下』。」

「千萬不能信賴……是嗎？」

「對，他說劉布猊下會毫不猶豫地背叛他人。雖說沒有留下正式紀錄，但猊下似乎曾將十分照顧教會，可以說是教會養父的先生檢舉為異端分子，並處以死刑。」

「沒有留下紀錄？」

「當時的樞機卿應該有牽涉其中吧，想必有一場教會內的權力鬥爭。」

「所以就選擇能為自己帶來好處的人，捨棄了照顧過自己的人嗎？」

真不愧是「勇者」梵的同夥，劉布這個人本身也是一名很難應付的人物。

義理人情與他相距甚遠，而他也有違背約定的可能性。

而且他以梵為優先，很有可能不會在意佐爾丹將遭受多麼大的損害。

交涉材料應該得聚焦在劉布的利益得失上頭吧。

就算是這樣，說服他應該還是比說服梵容易成功……

＊　＊　＊

三天後的傍晚——

請莉特處理店面打烊的作業後，我跨上露緹喚來的精靈馬騎（Sprit Mount），在遠離佐爾丹街道的草原上奔馳。

「好久沒這樣了啊。」

「我是第一次。」

我們在草原上前進，進入森林。

周遭微微地瀰漫霧氣，不過我們繼續往前進之後，便聽見了小河的流水聲。

「上次來的時候感覺不是這樣……我們去聲音傳來的方向看看吧。」

「了解。」

露緹拉動轡繩改變方向，在森林中行進。

前進一陣子之後，我們便來到了沒有霧氣、排列著蕈菇房屋的聚落。

「仙靈聚落。」

露緹環顧四周。

這是我和莉特以前來過的地方。

「我跟哥哥一起過來了。」

露緹好像很開心的樣子。

「雷德！」

仙靈們聚集到我們周遭。

「真虧你們能來！」

「好久不見了耶。」

「好久不見？」

仙靈們歪歪頭後，好像覺得很有趣地笑了出來。

「呵呵，我們沒有在意時間流逝，無論是幾分鐘還是幾百年後都會這麼說的。」

一位身體有如清澈的水的美麗女性出來迎接我們。

她那一絲不掛的姿態，就像繪畫裡才會出現的完美美女。

「歡迎來到我的小小水窪！」

水之大仙子溫蒂妮──

以前受過詛咒的仙靈們看來滿有精神。

＊　＊　＊

「來，這是你委託的東西。」

「謝謝妳，幫了我一個大忙。」

我一邊接下皮袋一邊道謝。

「不會，你是我們的恩人，也是我們的朋友。這點小東西隨時都能兩手奉上。」

溫蒂妮這麼說並露出微笑。

其實我也應該送個禮物給她，但沒辦法馬上準備什麼東西，讓我有點遺憾。

等梵的事情處理得告一段落，我再帶個什麼東西過來吧。

我這麼思考的時候，身旁的露緹東看張西望地環顧四周。

「有發生什麼事情嗎？」

露緹對溫蒂妮這麼說。

「什麼都沒有發生喔，這是要讓水和昨天有一樣的流動所做的準備。」

「『勇者』？仙靈？」

露緹的話語讓溫蒂妮驚訝地以手摀嘴。

「妳還真清楚呢，是仙靈喔。」

「是菈本姐嗎？」

「她好像是這麼自稱的呢。」

溫蒂妮原本帶有笑容的臉蛋轉為一臉正經。

居然能讓大仙子露出這樣的神情……

「那是十分可怕的存在喔。千萬不能靠近。」

「我們沒辦法坐視不管，目前就是為了將那夥人引導到佐爾丹外頭而行動。」

「這樣啊……那你們在她面前務必得保持警戒，因為沒有比她更隨心所欲、更喜歡破壞的仙靈了。」

溫蒂妮以前陷入詛咒而衰弱時都還十分開朗，既然連她都露出這樣的表情，那事態可說是十分嚴重。

「先別提這些了。」

溫蒂妮眨了個眼之後，又轉變為看起來很開心的笑容。

「雷德的妹妹難得來這裡一趟，一定要更開心地踏上歸途才可以呀！」

仙靈們在露緹四周繞來繞去地飛行。

「來吧，露緹！要不要喝茶吃餅乾？」

「還是要一起跳舞呢？」

「不不不，我們一起散步吧！」

看見熱情的仙靈們，露緹有點訝異。

「哥哥也一起玩吧。」

露緹握起我的手這麼說，並且笑了出來。

我們在仙靈聚落度過十分開心的一段時光，到了深夜才偷偷地攀上佐爾丹的城牆回家。

莉特會不會生氣了啊……

然而──

「哥哥，今天也是美好的一天。」

既然露緹都開心地這麼說了，不管怎樣都沒關係了吧。

＊　＊　＊

又過了三天。

在晚上的後院裡──

「哥哥，準備好了嗎？」

「嗯，隨時都可以開始。」

我持起銅劍擺出架勢。

作為我對手的露緹則是拿著一根木棍。

木棍長度和露緹以前持有的「降魔聖劍」以及梵持有的複製品一樣。

我接下來要和露緹一起做戰鬥訓練。

「要上嘍。」

露緹將手上的木棍舉至中段位置擺出架勢。

這一瞬間，露緹身上便釋放出強烈無比的壓迫感。

人類最強的少女。

一般來說，無論是誰都不會想面對這種壓迫感吧。

「喝！」

發出聲音的一瞬間，露緹的身影就從視野當中消失。

「呀！」

露緹只是筆直奔馳，向我砍過來而已。

可是露緹由靜止轉為動態的速度實在太快，我的眼睛沒辦法認知到她的動作。

啪鏗——！

我的銅劍彈開露緹的棍子。

身影是看不見，但我知道她攻過來的時機。

「不愧是哥哥，我要持續進攻嘍。」

棍子很快地移動。

「鏗鏗鏗鏗」這樣的金屬聲響起了許多次。

由於打過來的只是一根棍子，我還有辦法化解攻勢，要是我對上的是聖劍，我這把劍早就已經折斷了吧。

雖說銅劍有它的極限在……

「喝啊！」

「……就是現在！」

躲掉以我脖子為目標的一擊，我在露緹棍子揮到底、動作靜止的一剎那用銅劍壓住她的棍子。

可是，銅劍碰觸棍子的一瞬間，露緹的手臂就從視野當中消失，棍子也悄悄地擱在我的脖子上。

「沒轍啦。」

我全身放鬆力氣並且投降。

「呼。」

我稍作休息就冒出汗水，全身上下的肌肉開始痠痛。

「痛痛痛……」

我用魔法藥水提高體能，並且用上騎士時期的訓練中學會的特殊呼吸法，才好不容易能拚得不相上下啊……

「你還好吧？」

露緹的手溫柔地碰觸我，發出光輝。

這招是「治癒之手」，損傷的肌肉馬上就得到療癒。

「謝謝妳，露緹。」

「不客氣。」

我用了所有的增益效果才勉強能應付……露緹真的很強。

「好厲害——！」

莉特拿著毛巾跑到我身邊來。

「和露緹對打還能撐到這種地步的人，沒有別人了喔。」

「但這並非實戰的形式就是了。」

這場訓練的形式是露緹不能後退、只能持續用棍子進攻，而我得擋下她的攻勢。

由於露緹只能打過來，她的攻擊變化就會受到限制。

「儘管如此，要是露緹手上拿的是劍，我的銅劍老早就碎裂了。」

我將銅劍舉至月光下。

劍刃有受到棍棒擊打的痕跡。

「這是沒有化解攻勢，直接承受攻擊的地方吧。」

承受攻擊和化解攻勢的防禦時機不同。

運用銅劍這種脆弱的武器時，對上強力武器就不能正面接下攻擊，必須化解對手的攻勢，將攻擊過來的力道向外撇開。

如果化解攻勢的時機抓得很完美……比如說，憑我眼前的露緹的實力，以她手上那根很細的木棍也能擋下巨人使出的一擊。

「可是……對方或許不是我用比較弱的武器就能應付的對手吧。」

儘管我以慢生活為目標，卻還是要在手碰得到劍的地方才能入睡，無法忘記不停戰鬥的日子。我會一直使用銅劍的理由，也就是要反抗那樣的自己。

這方面因為露緹從「勇者」當中得到解脫，我也有好好整理內心的思緒，現在就算身邊沒有劍我也可以睡得很沉。

目前還會使用銅劍，是因為我沒必要購買昂貴的劍，還有自然而然地對銅劍產生了深厚感情。

但要應付勇者和勇者的夥伴們，拿這把銅劍就覺得不太安心。

「不過，目前也沒有要對戰的打算就是了。」

「就算這樣還是有備無患，沒錯吧？」

「是啊。」

我會和露緹訓練正是因為如此。

我們進行的是不幸和「勇者」梵的隊伍打起來時，能夠平安脫逃的防禦訓練。

「那麼，再麻煩妳來一次了，露緹。」

「知道了。」

現在這場訓練可是用上了對我來說滿昂貴的魔法藥水。

在生效時間結束前得訓練好幾次才行。

我和露緹的特訓後來持續了一小時左右。

儘管我擁有疲勞抗性，一個小時持續承受露緹的攻擊還是會身心疲憊。

假如對手不是露緹，或許我早就哀聲嘆氣了吧。

雖然訓練結束時我已經精疲力盡……

「輪到我了呢！」

這次是沒拿武器、赤手空拳的莉特擺起了架勢。

在目前這種疲憊不堪的狀態下，進一步被逼至絕路之後，便會開拓新的境界……這種說法只會是表面話，其實是我跟露緹訓練過後，也想要跟莉特訓練一下而已。

「那我一開始會使出上段踢起始的三連擊，比較細節的部分就自由發揮。」

「知道了。」

我和莉特的訓練方式是包含自由發揮的套招對練。

這是先宣告要使出什麼攻擊，兩邊再相互以攻擊和防禦的招式對打的體術訓練。

「哥哥加油——」

露緹一邊喝著蘋果汁，一邊將手帕綁在剛才用過的棍子上，當成旗子揮動來為我加油。

「……噠啊！」

莉特抬腿攻擊。

這是從遠距離發出的上段踢。

我向後跳躲開之後，她就翻轉身子使出第二擊。

接著是在兩腳離地的狀態下，用雙手撐向地面，並且從我頭上壓下來的第三擊。

這十分華麗的踢腿攻擊，就連正在防禦的我都看得有點入迷了。

或許是因為莉特是二刀流劍士，使用的體術以踢腿招式為主。

要是她全力踢下去，會有讓一般戰士脖子折斷的威力，但這次只是訓練，她就沒有用那麼多力氣。

由於我沒有適用於空手搏鬥的技能，假如這是實戰，我的手臂接下莉特的踢腿後很有可能骨折。所以就算是訓練我也不承受踢腿，用閃躲的方式應對。

「上下連擊之後使出後旋踢！」

莉特接二連三地使出招式。

儘管我一一防禦，但體術並不是我的專精領域。

我沒能全數防禦，被擊中了好幾下。

「不過……！」

「啊！」

我擋下莉特的踢腿後，趁她動作停止的一瞬間抓住她。

雖說技術體系不同，但劍術的套路對抗體術也很有效。

莉特想要把腿甩開而打算繼續出招，但我搶先一步掃起她的腿。

莉特兩腿都離開地面，姿勢整個不穩。

「哎呀。」

在莉特倒地之前，我先抱住她的身體。

「耶嘿嘿，不愧是雷德。」

「但我已經中招好幾下，如果是實戰的話，那些傷害想必會讓我的動作遲鈍不少。贏的人是莉特才對喔。」

「是這樣嗎？不過啊，套招練習也沒在分輸贏的吧。」

「這麼講也對啦。」

講了這些話的我們都笑了出來。

這與其說是訓練，感覺更像是一起運動。

沒有要打倒對手的念頭，單純以招式好壞來比個高下的對決，具有與戰鬥不同的趣味。

「我也想試試看。」

「那我們三個就輪流來對練吧。」

「我在洛嘉維亞的競技場都是單方面被露緹壓制，不過要比招式的話，我應該還是有機會取勝！」

「我的格鬥術是哥哥教我的……仔仔細細地教。所以比招式我也不會輸。」

莉特和露緹看似開心地彼此對峙。

我對劍術有自信，但對體術就沒那麼有信心了……所以露緹那麼看得起我，讓我有點傷腦筋。

莉特和露緹不曉得我這小小的煩惱，兩人開心似的對戰著。

她們以前應該沒辦法這樣吧。

以前的露緹攻擊時就算沒有要打倒對方的念頭，還是擁有光是對峙就能讓對手喘不過氣的「勇者」力量。

雖說她現在帶著打倒對手的念頭使出攻擊，仍然會讓人感受到龐大的壓力，但如果像目前這樣沒有要打倒對手，單以招式本身來決定高下的話，就也能跟我以外的人做訓練了。

看著露緹開心似的表情，我心中湧起想要守護現在這種日常生活（慢生活）的決心。

怎麼可以讓什麼新勇者擾亂我們的日常生活（慢生活）呢。

「接下來換我跟露緹了。」

「嗯，闊步後的中段、瞄準下巴的踢腿、攻擊脖子的貫手、正中線三連擊、掃腿、倒地後追擊。」

「……好、好喔，來吧。」

雖說教導露緹體術的人是我，但我不記得有教過她這種連續攻勢。

……面對「勇者」果然還是不要空手挑戰好了。

＊　＊　＊

在結束特訓，露緹回去住處的深夜——

滿溢出浴缸的洗澡水流過地板。

由於十分舒服而使得身體顫動的同時，我和莉特也發出聲音。

「「呼哈。」」

「這洗澡水真不錯——」

莉特放鬆所有力氣並這麼說道。

我打從心底同意，泡在洗澡水裡頭真的很舒適。

「身體活動到極限後再泡澡真的是太幸福了。」

「不知道明天會不會肌肉痠痛耶。」

「和達南過招後最近都常常活動身子，看來是不太會肌肉痛吧。」

「真可惜，我本來想說要互相按摩呢。」

莉特輕笑一聲並牽起了我的手。

像這樣子兩人進入一個浴缸，也是我們日常生活的一部分。

「我捏我捏。」

莉特嬉鬧地講出這樣的話語，並且按摩起我的手。

「沒辦法嘍，我就按按這隻手來忍耐一下。」

雖然莉特她這麼說……可是我——

「也、也不過就是按個摩啊，想按的時候我們互相按一按也沒關係吧？肌肉痠痛是其次，主要是按起來很舒服。」

不禁這麼說道。

「耶嘿嘿。」

莉特好像很高興般的臉紅，笑了出來。

「說得也是，晚點出浴之後我們就互相按摩吧。」

我覺得臉有點變熱，應該是泡澡所造成的吧。

「好、好啊。」

由於內心動搖，我的語氣變得有點懦弱。

我的修行還不夠。

「什麼修行啊。」

莉特噗嗤一聲後大聲地笑了出來。

「我在你身上，還有你在我身上，應該早就沒有還沒碰過的部位了吧……」

莉特的話語又讓我內心動搖得更嚴重。

看見我困擾的樣子，莉特好像還滿開心的。

……莉特的臉也有點泛紅，這會是泡澡所造成的嗎？

「只有雷德你一個人而已喲——你是唯一碰過我這種地方的男人。」

莉特這麼說的同時，捧起了看起來十分柔軟的碩大胸部。

然後她臉上浮現好像在惡作劇一般的賊笑。

「可是，這裡之類的地方說不定沒有碰過呢。」

「呀嗯！」

我用手指戳了戳莉特的胸部。

莉特好像覺得很癢似的扭動身子。

我可不是沒有成長喔，現在做出這種行為對我來說已經不算什麼了！

「你真是的！前陣子明明就有碰過那裡！」

莉特邊說邊抱上我的身體。

洗澡水溢出浴缸，發出「啪唰」的聲音。

「我好像沒碰過雷德這裡耶。」

莉特這麼說，吻了一下我脖子上的傷疤。

「妳明明每天都有碰耶。」

「耶嘿嘿，我喜歡雷德的這裡呀。」

洗澡水濺來濺去的聲音響起。

儘管處在溫熱的洗澡水當中，透過相互接觸的肌膚傳來的莉特體溫，還是比什麼都還要火熱。

我緊緊地抱住莉特之後，她的眼睛就凝視起我的眼睛，我的嘴唇也感受到了柔軟的觸感。

「最喜歡你了。」

紅著一張臉微笑並這麼說的莉特十分美麗。

＊　＊　＊

寢室——

我用手臂抱著莉特，並且望著浮在窗外的月亮。

「今天晚上的月色很美呢。」

莉特似乎很舒適地閉上雙眼。

我輕輕地撫摸她有點出汗的肩膀。

「呵呵。」

仍然閉著眼睛的莉特很幸福似的笑了出來。

這裡有著無法取代的幸福。

「……他們是不是差不多要回來了啊？」

莉特睜開眼睛這麼說……她是在說梵那夥人的事情吧。

聰穎的光輝回到她先前還有些鬆懈的眼瞳當中。

我深深地吸了一口氣，將活力送進原本還很散漫的腦袋裡頭。

「他們是去提高加護等級，不知道要提高多少才會滿意……但如果和蒂奧德萊說過的時間一樣，那應該差不多要回來了吧。」

「不知道我們有沒有做足力所能及的事情呢？」

「有喔，我們都盡力去做了。」

雖說能做的事情有限，但我們應該有做到目前能力範圍內最萬全的準備。

「一起加油嘍。」

「嗯。」

我們面對勇者與教會這種正義勢力，到底是為何而戰呢？

今天得以確認到我們戰鬥的原因。

就算對手是拯救世界的加護，我也不會迷惘。

我們的幸福可是比「勇者」的職務重要許多。

我和莉特抱在一起，放鬆身心而緩緩地入睡。

後來，「勇者」回到了佐爾丹。

## 第二章　鎖定墜入愛河的仙靈與貪婪的樞機卿

由於魔王船文狄達特體積龐大，沒辦法進入港口位置比河口更裡面一些的佐爾丹。

「勇者」梵從文狄達特下船，搭上小帆船進入佐爾丹的港口。

「船員們不下來沒關係嗎？」

梵一邊跳上碼頭一邊這麼問道。

「船員這種人是下地後馬上就會逃跑的膽小鬼呢，盡可能讓他們待在船上不要下來，是航海的訣竅。」

劉布擺出一副博學的表情並這麼說道。

但因為暈船的關係，他的臉色並沒有很好。

「雖然不會讓所有人都休息，但一般來說會讓船員輪流下船休假就是了。」

戴著面具的愛絲妲看似疲累地移動到碼頭上。

「行李就由我搬下來吧。」

愛絲妲的從者亞爾貝靈巧地運用右手義肢，將勇者一行人的行李從船上運下來。

呆呆看著那幅情景的小小身影正坐在梵的肩膀上。

「嗯……」

「嗯？怎麼了？」

「人類真是無法依靠的生物呢……不過啊，梵當然跟其他人不一樣！」

菈本妲一邊親吻梵的臉頰一邊亂動。

「勇者」梵隊伍的所有成員，都回到了佐爾丹的城鎮裡頭。

「佐爾丹南洋是個不錯的地方呢，由於人類不太會過去，所以有許多加護等級很高的怪物。」

梵一臉滿足地笑著。

由於他有用「治癒之手」治療過，身上沒有傷痕之類的，但鎧甲上就留下了修理損傷的痕跡。

「我確實比以前更強了，好想要快點確認我現在的力量對於『勇者』的敵人管不管用啊！」

「你這次會贏的！因為我也會跟你一起奮戰啊！」

梵和菈本妲興致勃勃。

然而愛絲妲、亞爾貝還有劉布都是一臉難色。

「劉布樞機卿。」

愛絲妲以冷淡的嗓音向劉布發問：

「我們有必要在這種地方讓『勇者』的性命面臨危險嗎？」

「……區區邊境的戰士也奈何不了他吧。」

「你是真心這麼想嗎？當時梵可是身受瀕死的重傷，你也看見了吧？你覺得我們有辦法做到一樣的事？」

「……嗯，說得對，我是有所擔憂。可是實際上我也懷疑這個邊境是否真有那麼高強的戰士。」

「梵被轟飛、完全落敗可是千真萬確的事實。」

「愛絲妲，我以雇主的身分命令妳。」

「唔嗯。」

「找出打倒梵的少女的真面目。在收集到相關情報之前我會壓制住梵，讓他不要急於行動。」

「我並不擅長收集情報，處於不曉得長相的情形下也不確定能探聽到什麼地步……不過在這隊伍中，我最適合去打探吧。我知道了，我會和亞爾貝一起去調查。」

「麻煩妳動作快。」

面具底下的愛絲妲覺得這是個好機會。

（梵突襲露緹的可能性變低了，接下來就要找雷德他們討論之後再行動了。）

愛絲妲已經無法單靠言語來阻止梵。

（我這樣真是沒用，到頭來還是得拜託雷德他們才行。）

面具底下的視線向下垂並自嘲……但這也只是一瞬間的事情。

下一瞬間，愛絲妲就已經面向前方，為了自己的目的而行動。

＊　＊　＊

（唔嗯……）

在離港口很遠的地方——

變裝過的我扮成攤商，暗中觀察梵一行人。

我看出「勇者」梵的加護等級比起跟我戰鬥的時候高出了十三等。

在這麼短的期間內，一般不會有這種幅度的成長。

他想必是不分晝夜、整天都在對抗自己勉強能打贏的怪物吧。

海上那艘魔王船瀰漫著暗沉的絕望氛圍，是因為有船員受害了嗎？

雖說不是只有梵那個人會以目中無人的態度對待船員……但那艘船轉戰世界各地的時候，到底是否能維持船員的士氣呢？

是說由我來想那種事情也無濟於事……現在最重要也更需要注意的，是在梵的肩上亂動的仙靈菈本妲。

媞瑟在我所在地對面的另一側觀察梵一行人，而菈本妲的注意力也有一瞬間轉向媞瑟所在的方向。

菈本妲看穿了媞瑟這個人類最頂尖的殺手藏住身影的招數。

就連魔王軍的上級惡魔，都無法用一般五感加以探知打算隱藏身姿的媞瑟。

媞瑟之前觀察梵一行人的行徑時，應該沒被菈本妲察覺過。如果梵那夥人當時就有在提防媞瑟，在媞瑟陪同他們一起行動的時候就會採取什麼動作了。

既然如此就可以猜想，要具備「突破人類最頂尖殺手的隱匿能力」的能力，前提就是對方必須是先前見過一次面的對象。

想必是記住了人類無法感知的某種要素，並且察覺到對方就在範圍內吧。

那能力可真是麻煩。

問題在於那種能力的範圍有多大，但那個碼頭距離媞瑟的位置有三百公尺。

……範圍至少有三百公尺。把那段距離當成感知距離就太樂觀了。

就像在佐爾丹遇見的大仙子溫蒂妮能夠透過河川看見我的動作一樣，設想菈本妲也有超遠距離的感知能力應該會比較好。

她或許也有提防愛絲妲和亞爾貝的行動，別讓他們和媞瑟見面比較好吧。

可是……那到底是什麼仙靈？

雖說我不是仙靈專家，但我應該從書中學到與絕大部分仙靈相關的知識了。

儘管關於仙靈還是有許多人類不理解的地方，我也不能說是知曉和仙靈有關的一切……可是那傢伙跟單純只是我沒看過的仙靈不一樣，有著異常詭異的氛圍。

外表和比較普遍的仙靈皮克希很像，但那種相似度看起來像是刻意模仿。

我直覺地認為，那個外貌並不是她本來的外觀。

「不知道莉特會不會出事啊。」

莉特的存在即將被那樣的菈本妲銘記，讓我有點擔憂。

＊　＊　＊

隔天傍晚。

在佐爾丹郊外——

莉特和達南把大衣的兜帽拉到蓋住眼睛的高度，走在路上。

儘管他們在道路上明目張膽地行走，兩人的身影卻沒有進入任何人的視野當中。

兩人沒有發出聲響也不帶半點氣息地行走，一般人就算看見了也沒辦法注意、意識到他們兩人的存在。

勉強能感覺到兩人氣息的人，只有在咖啡廳室外座位吃著牛排的冒險者公會幹部迦勒汀。

看見莉特身影的迦勒汀停下用餐的動作，思考了一下子。

然而迦勒汀沒有多加在意，選擇了繼續用餐。

迦勒汀覺得，英雄莉特不會毫無理由地採取那樣的行動，會那樣子想必和現在讓佐爾丹引起一陣騷動的「勇者」梵的問題有關。

既然如此交給她處理就好了，不曉得內情的自己可不能擅自行動，導致打亂英雄莉特的計畫。

迦勒汀十分信賴莉特等人，信賴到能夠將佐爾丹的命運託付給他們。

「倒一下葡萄酒。」

「好的——」

迦勒汀發聲之後，開朗的女侍就拿來了紅色的葡萄酒。

事。

聽著紅酒倒進杯子的聲音，迦勒汀決定在莉特他們需要自己出馬之前忘記他們的

莉特和達南進入小巷弄。

在那裡的是……

「刻意隱藏氣息在我們周圍繞來繞去是怎樣，要挑釁是不是？」

兩手環胸等待著莉特他們的小小仙靈。

達南發出了「哦」的一聲。

「一如我們的預料啊。」

「既然是認為自己很強的非人種族，會這樣是當然的吧。」

莉特在黑色兜帽下露出賊笑。

要如何才能讓菈本妲離開梵的身邊原本是個問題，不過莉特看準了「菈本妲瞧不起梵以外的人」這點而加以利用。

要是有人在周遭偷偷摸摸地觀察自己，自己會採取什麼樣的行動呢？

如果是莉特，想必會小心提防並且調查對方是什麼人。

不過這種情況對於瞧不起人類的菈本妲而言，就和煩人的蟲子飛來飛去一樣。

她想要把蟲子趕走，覺得麻煩就把蟲子拍碎。她會毫不猶豫地採取那樣的行動。

「我先說清楚啊，我的心情現在有點差，把蟲子拍爛的話，說不定心情會變好一點點。」

菈本妲的口氣並不是在試探對手。

她只是單純地說出自己的情感而已。

就算在現在這一瞬間，菈本妲危害莉特他們也不是什麼奇怪的事。

「也對，現在梵不在，妳就可以使出真本事了吧。」

然而莉特一點也不畏懼地如此回話。

「妳說什麼？」

「我是『精靈斥候』，具有使喚精靈的力量……我看得出來，妳那個小小的身體只不過是本質的影子罷了。」

「哦……」

菈本妲的表情變了。

「妳的本質是巨大且暴戾的力量……性質上會受人恐懼呢。」

「妳再說下去的話我會殺了妳。」

菈本妲周遭的空氣扭曲了。

「喂喂喂，這壓迫感跟龍王差不多了啊。」

達南為了保護莉特而打算挺身向前站。

莉特用手制止他，繼續和菈本妲交談。

「話說我還有疑問。」

「什麼啊？」

莉特有特別留意，這場會面一定得是雙方交流，不能只是單方面的談話。

畢竟對方可是一發怒就會毫不猶疑地殺死人類，連律法這種共同遵守的規定都會違背的非人生物。

……這不就跟勇者十分相似嗎？莉特這麼想並在心裡頭苦笑。

「妳這位輕視人類的強者，為什麼會隱藏自己的本質，裝成一個小小的仙靈呢？」

「…………」

「既然沒有在人類身上感受到價值，那就應該不會在乎自己是否受人畏懼，可是妳卻極力隱藏自己的力量。」

菈本妲身上散發出殺氣，但她還沒有怒不可遏。

她就像在催促莉特繼續說下去一般，眼睛狠狠地瞪著莉特。

「妳會這麼做是因為妳愛上梵了。」

莉特以十分響亮的聲音，清楚地這麼說：

「妳知道自己的樣貌對人類來說很可怕，是為了要讓梵愛上妳，才會變成符合人類心中所想的仙靈外貌吧。」

這時響起空氣爆開的「砰」的一聲。

「她要出招了！」

達南叫喊的同時，藍色的閃光撕裂了小巷弄。

路面和壁面都留下了燒焦的痕跡。

「這是雷光魔法嗎？可是威力還真強啊。」

「看來是很適合運用雷擊的仙靈呢。」

達南和莉特跑到牆上躲開電擊。

「你們就是前陣子襲擊梵的人吧？」

「喂，別講得好像那傢伙是受害者啊。」

達南以充滿怒意的話語回覆，和莉特一起跳回小巷弄的地上。

「還不都是因為那傢伙想要洗腦佐爾丹的人們，才會演變成戰鬥的。」

「梵的所作所為全部都是正確的喔。」

「啥？」

菈本妲的態度並不是在開玩笑。

她擺出了真心那麼想的神情。

莉特讓自己的心態緊繃起來。

「妳的名字叫莅本妲沒錯吧？」

「妳明明就是來調查我的，別問妳已經心知肚明的事。」

莅本妲的體內正迸發出魔力。

達南提防即將再度襲來的攻勢，再次擺起架勢戒備。

然而莉特只是毫不畏懼地大喊：

「莅本妲！我想跟妳談一談！」

「我對妳想說的話沒半點興趣，妳就被壓碎而死去吧。」

感受到上空有著強烈的壓迫感，達南擺出準備動作，打算抱起莉特跑向莅本妲。

然而——

「因為我也在談戀愛，我想跟妳談談關於戀愛的事！」

「咦？」

莉特的喊叫讓莅本妲停下了動作。

（先突破了第一道關卡……）

莅本妲沒有將莉特視為不足掛齒的人類，認為莉特是一個「個體」而引起了興趣。

這樣子終於能把菈本姐帶到談判桌上了。

感受到聚集於上空的風之精靈們散去，莉特放鬆地呼出一口氣。

＊　＊　＊

（接下來就沒有預先計畫，只能邊談邊想了。）

莉特和達南來到梵一行人留宿的旅店一樓的酒館。

「那個男人就是妳的戀愛對象？」

菈本姐指向達南並這麼說。

莉特笑著搖搖頭。

「不是，我的情人是在這個城鎮一起做藥商的人。」

「我只是個護衛而已。我會去隔壁桌喝酒，妳們兩個就隨意聊吧。」

「我就覺得是這樣，你這傢伙一副沒機會談戀愛的長相。」

「什麼嘛，妳明明就很清楚。」

達南這麼說並笑出來之後，便坐到了椅子上。

「喂，小姐，給我來點啤酒和串烤。」

理。

「好的——」

梵一行人留宿的旅店並不高檔，是比較可以放鬆的旅店。

端出來的餐點也都和平民區的菜色一樣，並非中央區常見的那些仿造王都菜餚的料理。

雖說莉特對於這點有點感到意外，但她現在決定先專注在菈本妲身上。

「那，妳叫什麼名字？」

「我叫莉特。」

「嗯——莉特啊……」

菈本妲毫無顧慮地仔細打量莉特。

（她問了我的名字，這代表她有興趣跟我交談了呢。）

莉特一邊看著菈本妲的眼睛，一邊思考該如何組織話語。

（……不對。）

看著菈本妲的眼睛，莉特改變了想法。

（那小小仙靈的樣貌是偽裝，本質是比起人類古老許多的強大存在。要是講了有漏洞的假話應該會被拆穿……）

莉特筆直地目視菈本妲的眼瞳，並且開口：

「不會討厭，我喜歡雷德的一切。」

「可是他也有缺點吧？」

「是沒錯，我的雷德也有缺點……可是包含缺點在內，我還是喜歡他的一切。我想要跟雷德一直、一直都在一起……就算變成了老爺爺跟老婆婆，我也想要陪伴在他身邊，直到生命終止的那一刻。這樣子的回答妳能接受嗎？」

菈本妲專注地凝視莉特之後，她小小的臉蛋浮現滿意的笑容：

「嗯，及格了！我就聽妳說說看吧！」

然後菈本妲就舉起手來叫喊：

「蜂蜜酒(Mead)和沙拉！要兩人份！」

菈本妲用她的小手拍拍桌子催促上菜。

儘管這種態度算是沒禮儀的客人，但她的外貌是小小的仙靈，看在他人眼裡想必是令人會心一笑的景象。

店裡的顧客傳出滿滿的歡笑。

不過莉特的內心可是比持劍的時候更加熾熱，同時也十分冷靜。

（勝利條件是——讓她為了梵選擇不和露緹戰鬥，並離開佐爾丹。）

莉特必須以她自己的戀情，與菈本妲的戀情對戰才行。

＊　＊　＊

仙靈談戀愛時不會移情別戀。

「人類的戀愛故事明明就很美妙，可是為什麼真正的人類無法為戀情而活呢？」

菈本妲邊拍動仙靈翅膀邊這麼說。她坐在桌子上，用自製的小小杯子將裝在深盤中的蜂蜜酒舀起來喝。

莉特雖然也有喝蜂蜜酒，但她為了預防酒精使她的判斷力變遲鈍，就以緩慢的步調飲酒。

「既然愛上了一個人，就應該時時刻刻待在對方身邊。妳也一樣，根本不用在意那個妹妹，一直在他身邊就好了啊。」

「說得也是，雷德他們離開洛嘉維亞踏上旅程之後，我的確哭了出來，也有好幾個晚上都在懊悔，心裡想著『我好想跟他們一起旅行』。」

「沒錯吧！」

莉特雖然沒說露緹就是勇者，不過莉特和雷德在洛嘉維亞一同戰鬥後分別、後來在佐爾丹這個地方重逢開店，以及兩人目前住在一起的事情都讓菈本妲知道了。

莅本妲對莉特的說話內容很感興趣，有時候會催促她繼續講，有時也會說出自己的感想。

「戀愛可是比什麼都還要幸福！所以愛上了一個人之後，不管怎樣都應該以戀情為優先喔。朋友和故鄉的人們、對自己付出愛情的家人，還有戀愛對象以外的人幸不幸福都不重要，就算對方是戀愛對象的妹妹，還是自己愛上那男人的心緒最為重要。為了這種感情，這世界就算毀了也沒關係。這樣子才是真正的戀愛喔。」

莅本妲滔滔不絕。

莉特在談話的過程中，逐漸掌握到了莅本妲這個仙靈，到底是在「勇者」身上尋求些什麼。

感覺再多聊一些，就能理解莅本妲的思考邏輯了……

「可是啊，我覺得要是沒有那個時候的分別，我和他之間就不可能演變成現在的關係了。」

「嗯～？」

「那時的雷德，還有那時的我，都沒有像我們現在這樣的餘裕。所以，就算我跟當時的雷德在一起，一定也沒辦法談一場像現在這麼滿足的戀愛。」

莉特篤定地這麼說。

然後她觀察著菈本姐的表情。

菈本妲和莉特都是在談戀愛的女性，兩者確實有著相近的部分。

不過莉特感覺到，她們倆的思考邏輯有著根本上的不同。

菈本妲擺出了不滿的表情，然後轉變為似乎想到了答案般的神情。

「我懂了，這代表妳在洛嘉維亞的時候還沒有愛上他！」

菈本妲的話語也很肯定。

「是這樣嗎？我在洛嘉維亞的時候也很喜歡雷德。」

「可是妳喜歡現在的雷德吧？」

「是啊。」

「既然這樣，不就代表妳不喜歡以前的雷德？」

「……妳怎麼會這麼想呢？」

莉特隱藏有點被惹毛的情緒，並且對菈本妲如此詢問。

「畢竟以前的雷德和現在的雷德不一樣，妳愛著現在的雷德，就代表沒有愛上以前的雷德啊。」

「應該可以說我也喜歡以前的雷德，但是我們在佐爾丹這裡，成長到更加喜歡對方了吧？」

「怎麼可以這麼說呢，世上沒有會成長的戀情。戀愛是美麗、幸福，並且完美無缺的。從愛上一個人的那一瞬間開始，就必須有『要是世上沒有時間流逝，能夠永遠維持這一瞬間的話該有多好』的想法。不會令人那麼想的戀情就不是戀情了。」

菈本妲這麼說。她的口氣像是在敘述無庸置疑的事實。

「……………」

莉特並不那麼想。

而且，莉特直覺地感受到菈本妲和她之間的這種不同之處，正是菈本妲的本質。

「菈本妲，妳希望梵不會改變嗎？」

「這當然，因為我喜歡梵啊。」

因為喜歡梵，就希望梵一直是她喜歡的樣子，不希望梵改變。

菈本妲對「勇者」追求的是這個。

只要仍舊依循「勇者」的衝動，「勇者」梵就會永遠都是「勇者」梵。

（這樣我就能理解愛絲妲說過的菈本妲言行舉止了。菈本妲會肯定梵的所作所為，否定愛絲妲所說的話。會有那種態度的原因是菈本妲喜歡現在的梵……所以她不希望梵有所成長……可是她那樣只是把自己的愛強壓在梵的身上。）

莉特為眼前這仙靈的戀情感到難過。

菈本妲肯定梵的一切，無論梵做什麼她都會去幫忙。

只要是為了梵，菈本妲恐怕也會樂意捨棄性命。她就連瀕死的那一刻，都會因為自己能成為梵的助力而感到喜悅吧。

那樣的戀情無止盡地專一，卻只是單方面的思緒——莉特心裡這麼想。

那並不是單相思。

菈本妲的戀情當中並沒有戀愛對象。

她的戀情裡只有自己的理想，她並不是喜歡梵這個人，喜歡的是「菈本妲喜歡上的那個梵」這樣的形式。

那種好感的一切要素，都只是在她的內心當中所做的結論。

「再來一杯蜂蜜酒！」

菈本妲將莉特的戀愛故事當成下酒菜，看似開心地喝著蜂蜜酒。

莉特看著那樣的菈本妲而開了口：

「可是我祝福著我的戀情，因為我非常地幸福。」

「幸福？」

菈本妲拿起蜂蜜酒的手停止動作，回望莉特。

「既然戀愛會讓人幸福，現在在談戀愛的妳會幸福，也是理所當然的吧。」

「可是，妳說我沒有在談戀愛的時期，也就是在洛嘉維亞和雷德一起度過的時光，也讓我打從心底覺得十分幸福喔。」

「但妳剛才不是說妳煩惱了很久，也哭了很多次嗎？」

「洛嘉維亞那時的戀情有令我難受、痛苦的事，不過對於現在的我來說，那段時光是無可替代的回憶……那是會讓我覺得十分憐惜的幸福記憶喔！」

「真是有聽沒有懂耶。」

菈本妲擺出一副毫不關心的態度並聳聳肩。

她肯定不打算理解莉特的戀情。

（不過我也沒被她拒於門外，就算無法一舉取勝，應該也鋪好後路了吧。）

莉特接下來就是要在最後傳達她的目的。

「我問妳喔，菈本妲。」

「什麼？」

「梵他是『勇者』，今後仍會持續對抗可怕的敵人吧？」

「妳說得沒錯！他那樣很帥吧！」

「可是，魔王軍裡頭也有強大無比的敵人。就算他是『勇者』也未必能贏。」

「這也是當然的吧。」

菈本妲沒有面露驚訝神色，接受了莉特所說的話。

雖說這在莉特的意料之中，但她看見菈本妲這種態度，就有點難說出下一句話。

「……『勇者』不會感受到恐懼，也不會拋棄受苦受難的人。所以，面對無法取勝的戰鬥時可能會錯失逃跑的時機。上一代『勇者』的傳說中，也有錯判撤退時機而使得『勇者』陷入危機、失去夥伴的場面。」

「的確，梵也有那樣的特質。」

「上一代『勇者』是因為夥伴進言建議撤退，才避開了那種危機……不過進言的那名夥伴則是殿後而戰死了。」

上一代「勇者」沒有留下紀錄，只有傳說。口耳相傳的故事也不知道有多少真實性。在「勇者」露緹出現之前，甚至有人覺得「勇者」加護只是童話故事，並不存在於現實當中。

然而，對於這段失去夥伴的故事，只要有看過現在的「勇者」梵，應該就會覺得有可能實際發生。就如莉特所想，菈本妲點頭同意。

「如果是菈本妲的話，會怎麼辦呢？雖然梵主張要戰鬥，卻沒有勝算。妳會寧可否定梵的意志，也要救助梵嗎？」

菈本妲專注地凝視莉特的眼眸後，笑著搖頭。

「在那樣的狀況下……我會為梵的戰鬥加油打氣。」

「可是梵說不定會死喔。」

「因為我愛著梵，所以『梵維持著梵的本質』對我來說比什麼都重要。如果梵因為這樣而喪命……」

「妳會怎麼做？」

菈本妲敞開雙手，展現今天最燦爛的笑容。

「那我也會一起去死！直到死去的瞬間都還深愛著梵，這種故事可以說再幸福也不過了吧！」

「妳會這麼想啊。」

目前只能做到這種地步了吧。

莉特決定傳達最後的一句話。

「菈本妲，我想拜託妳一件事。」

「拜託我？不行不行，梵以外的人類委託什麼我都聽不進去的。」

「我理解，不過我認為這也是為梵著想。」

「哦——這樣啊，跟妳聊天是有點有趣。那我最後就聽妳說說看。」

菈本妲把杯子放到桌上，看向莉特。

笑容從菈本妲的臉上消失了。

隔壁桌的達南進入臨戰狀態。

莉特沒有改變態度，對著菈本妲回答：

「希望妳能勸梵直接離開佐爾丹。」

「…………」

「梵打算對抗的少女十分強大，就算是梵也有可能落敗而死去。」

這番話並不會惹怒菈本妲。

因為「勇者」梵是否最強，對菈本妲而言並不重要。

就如莉特所想，菈本妲仍舊默默地聽她說話。

「……可是為這場戰鬥拚上性命並沒有意義，就算贏了也只會讓加護等級成長而已。如果只是這樣，對抗其他怪物或者魔王軍也一樣吧。」

「的確如妳所說呢。」

菈本妲點頭。

然而──

「這我當然要拒絕。」

「我就知道妳會這麼說。」

「呵呵，太好了！畢竟我心裡在想，假如莉特妳有那麼一點點退縮的態度，我乾脆就殺了妳！」

若要探討利害，菈本妲也知道莉特所說的是正確的。

然而菈本妲的目的是愛著目前的梵，就算梵陷入危險，她也不可能去採取會改變梵意志的行動。

（目前就先這樣，她並不是聊一次就能說服的對象。沒有陷入敵對關係，能夠將我的思緒傳達給她就足夠了。）

就算是無法一次收拾的巨大魔獸，戰鬥好幾次、累積傷害的話，總有一天還是能夠打倒。

「那麼，在我們分別前來一下吧。」

莉特舉起手持的杯子。

「這我知道，是人類的奇怪禮儀吧！不過那不是在喝酒前做的嗎？」

菈本妲也相應舉起小小的杯子。

「希望我們以後還能像這樣和平地聊天，乾杯。」

「這明明就不是什麼約定也不是在祈禱，真奇怪呢，乾杯。」

兩人把杯裡的酒一口氣喝乾後，便離開了位子。

＊　＊　＊

佐爾丹。

位於北區的走龍（Riding Drake）競速場——

這裡有舉行運用走龍的競速賽事，也有針對這種賽事的賭局。

在場上奔跑的並不是養育來競速的走龍，而是騎士們所擁有的軍用、搬貨用等等用於其他作業的那些走龍。牠們並沒有受過針對競速的調教。

因此，就算走龍在競速途中因心情不好而沒有跑到終點，也不是什麼稀奇的事。

會有人策劃這種週末舉辦的競速賽事，其實是為了盡量減少十分昂貴的走龍飼育費，便舉辦競速賽收集資金，並當作獎金來分配。

或許是因為這樣的背景，明明有在賭博，這裡的觀眾卻都悠悠哉哉地觀看賽事。

就算看見公認有奪冠機會的走龍途中停下腳步、騎手急忙揮動鞭子的模樣，大家也只會發出笑聲而已，沒有人會因為買下的走龍券換不到錢而生氣。

只有一名外地人不是那樣……

「開什麼玩笑！這根本就是做假！把錢還我！」

握緊走龍券，大聲吼叫的人是劉布。

我看見他那樣，覺得他是個令人困擾的賭客，同時也有一點放心。

劉布是個庸俗的人。

比盲信教義的信徒更容易應付。

「話說，雷德，我們該在什麼時候向他搭話？」

站在我身旁的亞蘭朵菈菈這麼說道。

我們的目的是說服劉布。

雖說他在我們視線前方展現著不符合聖職人員的醜態，不過對他本人來說應該是在遠離中央的佐爾丹放飛自我了吧。

也就是說，那就是他的真性情。

「焦躁的時候會比較沒有判斷力，我們現在就去接觸他吧。」

「好喔。」

變裝過的我和亞蘭朵菈菈靠近劉布。

沒有運用魔法力量的變裝應該不會被劉布看穿才對。

「劉布猊下。」

我搭話之後劉布便轉過身來，以亢奮且有點充血的眼睛狠狠地瞪我們。

「你們是幹嘛的？我今天休假！有事的話明天再來找我！」

聽他講了我才知道原來勇者隊伍可以休假。我不禁想要苦笑，但還是忍住了。

……不對，難道是覺得沒休假很正常的我有問題嗎？

以後還是別再思考這個問題了。

「猊下，其實我們有件一定要請您聽聽的事情。」

我用的是以前變裝過的盜賊韋伯利的聲音。

這是劉布不可能有印象的聲音，正牌的韋伯利也在監獄中，所以不用擔心被揭穿。

「有事要跟我說？但我沒事找你們！」

無處宣洩悶氣的劉布為了要預測下一場賽事的結果，打算前去正在待機中的走龍們附近。

雖說他應該不缺錢，但他或許很喜歡「手上的錢增加」的情況吧。

比起當聖職人員，他這種志向更像是領主或商人。

「別這麼說嘛。」

「太纏人了！」

劉布「咚！」地一下推開我的身體。

我沒做抵抗而倒在地上。

「哼！」

劉布居高臨下地對我使了個眼色之後，便冷笑一聲而離去。

「雷德，你還好吧？」

「這當然。」

根本就不可能受傷。

我站起身子，等待片刻後便追在劉布後頭。

「唔，現在每一隻龍看起來都很沒用……！」

劉布看著在競賽待機處走路暖身的走龍，碎碎唸著這樣的話。

看透專門調教來競速的走龍優劣，還有分辨一般走龍是否有適合競速的性質，兩者所需要的知識與感受力並不相同。

「猊下，我推薦五號喔。」

我一邊靠近劉布，一邊指向打著大哈欠的走龍並這麼說。

「又是你啊。」

劉布雖然瞪了我一下，但還是看向我指的走龍。

「牠看在我眼裡倒是太胖了。」

「不能用競速用走龍的基準來看喔。那頭走龍個性認真又有體力，在騎手也不知道該怎麼分配步調的這場賽事當中，那頭走龍的素養最好。」

「唔嗯……」

聽了我說的話，劉布就緊緊地盯著走龍。

「你不下注嗎？」

「我當然已經下注了。」

我從懷裡拿出走龍券。

「嗯……我就信你一次吧。」

劉布去買走龍券了。

看見這種情形，亞蘭朵菈菈就偷偷跟我咬耳朵：

「雷德，這樣沒問題嗎？要是沒有成功的話，就沒有交涉的機會嘍。」

「我可是巴哈姆特騎士團副團長喔。對於觀察走龍的眼力我可是有不輸給任何人的自信。妳就放心看著吧。」

我充滿自信地這麼說道。

我並沒有說謊，那真的是這場賽事最有機會奪冠的一頭走龍。

不過，「在那頭走龍頭上有著滿臉自信的憂憂先生」的資訊，就只有我一個人才知道了。

那頭走龍是憂憂先生的朋友。

＊　＊　＊

「哎呀，贏了不少、贏了不少。」

劉布心情很好。

走在我和亞蘭朵菈菈身後的劉布沒有戒備我們，老老實實地跟了過來。

「勝利的美酒可是要好好享受，要是帶我去髒兮兮的店裡，我會對你們施以拔指甲的拷問喔。」

這麼說的劉布笑了出來。

看來他是在開玩笑。

我就先擺出迎和他的笑容吧。

「……我們到了，猊下。」

走了一陣子後，抵達的是莉特住過的宅第。

「嗯？這簡直就像貴族的宅第啊，在這種地方有酒吧嗎？」

「是的，也有準備特別的上好美酒。」

「哦？」

本來以為還需要多講一些話才能得到劉布的信賴，但他很乾脆地走過宅第的門口，進入室內。

「……他可真有自信。」

既然沒有戒備，就代表無論發生什麼事情他都有信心能應付吧。

乍看之下他手上是沒有武器，但我知道他懷裡有道具盒。

「勇者」隊伍不可能很弱。

我繃緊精神，跟在劉布後頭。

＊　＊　＊

「什麼啊，是妳來倒酒喔？」

站在宅第內吧台的是亞蘭朵菈菈，她已經換上纖細貼身的酒保服裝。

「她可是酒類專家。」

我坐在劉布身旁並這麼說。

亞蘭朵菈菈露出微笑行禮。

她以前率領過武裝商船隊。

雖說當時的目的是狩獵海賊，但就如同商船隊這個名稱，運送商品做買賣才是他們的本業。

她好像是在那個時期累積了經驗，變得對酒類很熟悉。

「哼，總之妳就先端來最好的酒吧。」

劉布看似不滿地皺起一張臉之後，如此放話。

宅第裡已經備好在佐爾丹弄到的高級葡萄酒、白蘭地、威士忌等人們常喝的酒。

不過會準備那些只是預防劉布指定酒的種類。

我們的王牌並不是那些。

「那麼，這款紅酒如何呢。」

「嗯？什麼，竟然拿出不是瓶裝的紅酒……」

看見從皮袋倒進杯子的紅色葡萄酒，劉布的臉大幅度地皺了起來。

葡萄酒倒出來之後馬上就會氧化，使得味道變差。

從桶子裡倒出來的葡萄酒要立刻裝進瓶子、用軟木塞封起來可是常識。

「香氣似乎不錯，但管理這麼隨便的葡萄酒不可能合我的胃口。」

劉布儘管態度很差卻仍然坐在位子上，想必是因為倒出來的葡萄酒中，飄出了一流的香氣。

他用手指夾起玻璃酒杯，拿起來確認酒的色調。

「顏色不錯，原來如此，外觀看起來可以匹敵高級葡萄酒。」

然後劉布一口喝乾杯裡的酒。

「嗯、嗯嗯……」

劉布的動作停了下來。

亞蘭朵菈菈露出「進展得很順利」的微笑。

「沒想到，這種邊境竟然會有這麼好喝的葡萄酒！」

劉布沒打算隱藏他訝異的神情，直接確認杯中殘留的香氣。

「第一印象是既樸素又複雜，確實具有強烈果實味也十分香醇，嗯……酒味和酸味取得了絕佳的平衡，雖然偏甜卻有著清爽的尾韻。能夠清楚感受到酒精的存在，口感就如同上等絲綢一般。重點是餘韻強烈的感覺，簡直像是高雅的貴妃忽然寬衣解帶，奔放地在森林裡跑來跑去的野性韻味！這葡萄酒太美妙了！」

劉布突然講了一堆有的沒的。

我有聽說他很愛喝昂貴的葡萄酒，把仙靈葡萄酒帶來果然是正確決定。

我事先從溫蒂妮那邊收下的就是這款葡萄酒。

我想說這是在教會活動的劉布沒喝過的酒，看來一如我的預想，成功地讓劉布吃了一驚。

「那第二杯再請猊下搭配魚肉料理。」

隨著這句話放到劉布面前的是黑輪。

那是今天早上拜託歐帕菈菈做的。

「這是魚肉料理？」

劉布狐疑地看著竹輪與鱈寶。

「這是把魚肉磨碎做成的。」

「唔嗯。」

劉布帶著懷疑的眼光吃下竹輪。

「嗯嗯！」

他的眼睛睜大了。

「這跟葡萄酒也很搭喔。」

受到亞蘭朵菈菈的催促，劉布這次在吞下竹輪的嘴裡含一口葡萄酒。

「呵呵，就是因為這樣我才會一直來到教會外頭。在萊斯特沃爾內側可是沒辦法嚐

到這樣的美酒、美食的。」

劉布滿意地點頭後，咬下了白蘿蔔。

「這顏色很深的湯頭與葡萄酒搭起來還挺有意思的。雖說同鄉的葡萄酒和料理很搭的狀況十分常見，原來如此啊，就算是這麼罕見的料理也能跟葡萄酒如此搭配。嗯嗯，這我非得認可才行了……竟然能滿足我這樣的人。」

劉布心情很好地享受著葡萄酒和料理。

仙靈葡萄酒與未知的料理甚至讓劉布感動了起來。

感動會令人失去平常心，如果有酒精的加乘就更不用說了。

不能讓他醉到不省人事，維持在容易導引他想法的狀態是最好的。

我看著劉布的模樣，並且和亞蘭朵菈菈一起勸酒，讓他喝到恰恰好的程度。

應該差不多了……

把劉布帶到莉特的這座宅第，用酒水和料理讓他失去平常心，而且劉布不知道我們的真面目，我卻知曉他的事情。

在許多利於我方的條件成立後，再開始交涉。

這是沒有特殊技能或魔法的我的做事方式。反過來說，我不這麼做就會失敗。

……以前我想獲得在佐爾丹販賣麻醉藥的許可，卻偷懶沒做事前調查而果不其然地碰壁，到頭來還是靠莉特幫忙才解決呢。

「劉布猊下，請問您滿不滿意？」

「這可真是不錯，那我就先回去了。」

「在您酒醒之前，先在這兒休息一下會比較好吧。」

我邊這麼說邊把裝了水的杯子遞給劉布。

「哼，酒醒就太可惜了。」

劉布不想喝水，而是催我們倒酒。

由於仙靈葡萄酒已經喝完了，現在給他喝的是佐爾丹這裡能弄到的高級葡萄酒。

「呼，天國就在這裡啊。」

劉布這麼說道，並且搖晃玻璃杯裡頭的紅色葡萄酒。

剛才那句是不該從聖職人員口中說出的問題言論吧？

「怎麼了？你是懷疑我這個聖方教會樞機卿所說的話？無禮的傢伙，戴密斯神可是造出了葡萄酒。既然如此，我在酒裡找到神的國度，又怎麼會有問題呢。」

雖然這話亂七八糟，但他的口吻蘊含會讓人把他那番話當作事實的自信與態度。

這就是在大陸最大組織的權力鬥爭中贏到最後的男人的氣場嗎？

「邊喝酒邊聽也沒關係。我們有件事一定要請猊下耳聞。」

「沒關係沒關係，作為美酒和美食的回禮，我就准你說話。」

劉布後仰上身這麼說。

「是關於猊下監護的『勇者』梵的事情。」

劉布似乎早就預料到會談這個，他臉色毫無變化地推託其詞：

「他是總有一天會拯救世界的『勇者』。就算造成一些麻煩，也只能睜一隻眼閉一隻眼。」

劉布揮揮手並如此回答。

看來他很了解自己會受人懇求「麻煩處理一下『勇者』梵的事情」。這想必不是第一次了吧。

既然每個佐爾丹人心裡都很排斥「勇者」梵，當然也會有人挺身抗議。

要抗議的話會害怕直接對梵訴說，因此去找監護人劉布講話是很合邏輯的想法。

可是，佐爾丹的和平對劉布來說沒有價值。

因為這個邊境無論發生什麼事情，都沒辦法損害到劉布的實績。

就劉布的價值觀來看，他想必會毫不猶豫地犧牲佐爾丹，並以他和「勇者」梵的經歷與關係為優先。

「所以，你們這不錯的款待雖然令我讚賞，但我可沒辦法回應你們的要求。」

劉布這麼說並打算站起身子。

「還請您稍等。我們想通知您的是『勇者』打算打倒的對手所具備的危險性。」

「你說什麼？」

我的話語讓劉布停下了動作。

突然有來歷不明的人講出這樣的話，他肯定會認為這種話沒有聽進耳裡的價值。

不過仙靈葡萄酒所帶來的感動，甚至會讓劉布這種自私自利的人，都想為對方所帶來的感動回應些什麼。

而且我們並不是會有重大判斷失誤的無能人士，這應該也是讓他有意聽我們講話的原因。

「好吧，雖然不能給你們什麼承諾，但我至少可以聽一聽你們想講什麼。」

劉布坐回位子上，我將新的葡萄酒倒進玻璃杯，並且開始述說：

「我們想說的是打倒過『勇者』梵的存在。」

「唔，聽起來好像你們認識那個人，她到底是什麼來頭？」

這一週的時間，對於該怎麼回答這個問題，我已經想過了好幾種模式。

和露緹直接產生連結的話會很危險。雖說沒多少人見過認真打鬥的露緹，但她的強大可是眾所皆知，大家都知道她正是佐爾丹最強的冒險者。

他應該不會覺得邊境的B級冒險者居然強大到那種地步……

所以，我就扯上對於打倒「勇者」會更有說服力的某種存在。

「那是古代妖精遺產。」

「啥？」

劉布擺出一副「你在說什麼鬼話」的表情並這麼說道：

「說什麼蠢話？講到古代妖精遺產，就是那些齒輪機械裝置。但打倒梵的應該是一名人類少女。」

「光用說的可能很難讓您相信，還請您隨我過來。」

站起身子的我瞄了一下倒過酒的玻璃杯。

「哼……」

劉布將杯子裡的紅酒一口氣喝乾，然後順著我的帶領前往地下。

他的腳步有點不穩。

＊　＊　＊

莉特宅第的地下倉庫——

「由於死後經過了一點時間……味道不好聞還請您諒解。」

「死後？有什麼屍體在這裡嗎？」

我打開通往倉庫裡小房間的門。

「這不是餐後該聞的味道呢。」

門裡飄出來的臭味讓劉布皺起一張臉。

「我們有做過防腐處理就是了。」

我打開房裡沒有裝飾的大型棺材蓋子。

「……是食人魔之子啊，可是這體格真奇怪。」

「這是食人魔之子的突變種。」

棺材裡頭的是我和莉特在聖杜蘭特村對戰過的食人魔之子。

「請您看看脖子的這個部分。」

我讓他觀看食人魔之子脖子上像是刺青的文字。

「古代妖精文字啊……是你刺上去的嗎？」

「怎麼會呢，這是牠生前，而且是成長前就有的字。」

「確實……」

「食人魔之子這種怪物十分凶暴，趁牠活著的時候刺上刺青想必十分艱難。而且仔細調查過後，便發覺這並不是刺青，而是以未知技術著色至皮膚深層所造成的。」

「未知技術……難不成你想說這就是古代妖精遺產？」

「是的，佐爾丹西北的山中有座古代妖精遺跡。據我推測，這恐怕就是從那裡過來的。」

若要以謊言使人信服，就需要盡可能包含更多真相。

將改變的部分壓到最少，減少與真實狀況的矛盾。

如果世上存在與真相沒有半點矛盾的謊言，那種謊言就絕對不會被拆穿。

「怎麼可能……可是在我眼前的這玩意兒是……」

劉布連屍臭都不在意，專注地調查著屍體。

那個食人魔之子確實是古代妖精遺產。

劉布專心調查得愈深入，我所說的話可信度就愈高。

「這的確是古代妖精文字，而且這有著與一般食人魔之子不同的特徵。」

對於這次的騷動，劉布當然也會懷有疑問。

能夠將那個「勇者」梵逼至重傷瀕死的存在，究竟為何會在佐爾丹這個邊境？

既然有這種存在，為什麼不去外頭大展身手？

從加護的運作方式來看，強大的加護具有重要職務。

如果是足以打倒「勇者」的加護，那就該在中央有著既顯眼又出眾的活躍表現。

對於這種疑問，只要提出「古代妖精遺產」這種答案，就連千錘百鍊的樞機卿也只會覺得「這說不定是真的」。

「可是襲擊梵的應該是人類才對……」

「是的，這個食人魔之子只不過是古代妖精遺產的其中一種，就算本地的冒險者認為是強敵，也不會是『勇者』的對手吧。」

「那就代表還有別的嗎？」

「是的，那就是打倒『勇者』的人……您有沒有讀過蕾諾兒王妃與佐爾丹之間的戰爭報告書呢？」

「我有收到報告，詳細內容還不清楚。」

我想也是。佐爾丹這個邊境發生的事情幾乎不會流傳到中央。

中央那邊收到的詳細報告應該只有席彥主教提出的那部分，但他在我們和蕾諾兒戰鬥前便離開了佐爾丹。

「這是在佐爾丹整理過的報告書。」

我把一捆紙遞給劉布。

「這是盜賊公會的報告書嗎？」

劉布開始讀起報告書。

雖說格式上是盜賊公會的報告書，不過內容是我為了給劉布看而寫下的。

內容沒有造假，但我有隱藏對我們不利的事實，並且把不重要的事情寫得很誇大，用來誤導劉布。

「將巨大蓋輪帆船砍成兩半？」

「那艘船應該還沉沒在海裡，需要去看看嗎？」

「……不，沒必要。」

他沒有懷疑，這樣很好。

「我以為是維羅尼亞王國的黎琳菈菈將軍大展身手才勝利的。」

「就算是傳說中的妖精海賊團船長，也不可能用一艘舊式槳帆船就拿下勝仗。決定勝負的是突然出現的人型生物的力量。」

「真是了不起。」

露緹在那場海戰的活躍。

我、媞瑟、莉特活躍的部分在報告書當中寫得比實情收斂許多，露緹的部分應該就更加突出了。

看見劉布緊繃的表情，我就確定我已經把「那是足以打倒『勇者』的危險存在」這種認知植入了他的腦袋裡頭。

「可是，這怪物到底為什麼會介入對抗維羅尼亞的海戰？」

「雖說我不可能了解古代妖精遺產的心中在想些什麼……單純猜測的話倒是可以說說。」

「你就說吧。」

「據我們所知，古代妖精遺產有所行動且有留下紀錄的有三次。」

「三次嗎？」

「是的，一次是與『勇者』梵戰鬥，一次是對抗維羅尼亞的海戰。」

「那剩下的一次是什麼時候？」

「五十多年前，哥布林王穆爾加爾加的殘黨襲擊佐爾丹的時候。」

這時就混入謊言。

劉布根本就不可能知道五十年前佐爾丹這裡發生過什麼事，也很難去調查。

他能知道的事實，只有戰力貧乏的佐爾丹曾擊退過哥布林王穆爾加爾加的殘黨。

實際上是因為有米絲托慕婆婆和仰慕她的船員們大展身手才能擊退，不過這事不需要讓劉布知道。

「佐爾丹是個和平的土地，阻止了哥布林群的侵略後，直到最近都沒有發生什麼重大事件。」

「也就是說，佐爾丹陷入危機的時候，會受到古代妖精遺產的守護嗎？」

「嚴格來說不太一樣，我們該著眼的是這個城鎮最近發生的大事件——惡魔加護事件當中，古代妖精遺產實際上並沒有行動。」

惡魔加護事件的結果造成契約惡魔接觸露緹，露緹才會來到佐爾丹，所以惡魔加護事件與露緹無關是理所當然的……

「我注意到其他事件與惡魔加護事件有所不同。」

「我才不曉得這鬼邊境的事情，別賣關子了，快給我說結論。」

「我的意思是，惡魔加護事件是由於政變危及佐爾丹共和國這個國家組織，可是其他三起事件都是強大武力危及佐爾丹這個土地。和『勇者』梵戰鬥的時候恐怕也不是因為『勇者』而出動，而是因為鹽龍群的襲擊而行動，進而將眼前『勇者』梵這個威脅驅除。」

「原來如此，古代妖精的時代不可能有佐爾丹這個國家，所以它們是被做出來守護這個土地的存在啊。」

劉布擺出一副釋懷的態度並點了頭。

很好很好。

「不過它們對於迫近佐爾丹的武力而言，想必會是強大的戰力……假如魔王軍來到了佐爾丹，應該會出來應戰。」

「那樣的可能性很高吧……也就是說，你們為了人類著想，希望梵從這場戰鬥當中抽身。」

「是的，劉布猊下您是為了讓『勇者』梵強大到足以對抗魔王軍，才會在這裡做準備，但您應該也不需要為了做準備就讓尊貴之人身陷危險。而且，『勇者』去世自然不用說，古代妖精遺產死去也會是人類勢力的一大損失。」

劉布沒有讓梵去對抗魔王軍，就是為了防止梵在累積足夠的力量之前就喪命。

既然如此，劉布應該也知道我提出的意見對他來說最有利益。

問題就在於他到底會不會相信我了，我已經為了取信於他而使出所有手段。

「叫什麼名字？」

「您問我嗎？我叫韋伯利。」

我報上我以前變裝過的畢格霍克手下的名字。

比起從零創造一個人，以某個人為範本的話比較不會有破綻。

「你所說的話很有道理……我會對梵進言，說他應該就這樣直接離開佐爾丹。」

太好了！

我跟亞蘭朵菈菈使了個「事情很順利」的眼色。

可是劉布的樣子有點奇怪。

「怎麼了，猊下？」

「我會進言……是會進言沒錯——」

劉布露出好像非常煩惱的神情，搖了搖頭。

「最近，梵也不太聽從我所說的話了……」

「梵不是教會的『勇者』嗎？」

「他是，他的確是……可是比起凡人，梵應該更近似至高神戴密斯吧。」

「可是能夠阻止梵的人只有猊下了。」

「是啊……我會對他說說看。要是有什麼關於古代妖精遺產的新資訊，再跟我說一聲。你們知道我留宿的旅店在哪吧？」

「是的，要是有什麼新資訊，就會立刻傳達給猊下知道。」

「嗯，交給你們了。」

劉布對我說出這句話的態度，簡直就像在命令手下。

這場交涉，一如計畫地順利進行了啊。

# 第三章
## 偶爾也會有迷惘的時候

隔天，亞蘭朵菈菈留宿的旅店房間——

「這幾天的成果差不多是這樣。」

聽了我和莉特的報告後，夥伴們點了頭。

聚在這裡的成員有八個人，分別是我、莉特、露緹、媞瑟、亞蘭朵菈菈、達南、愛絲妲，以及亞爾貝。

「古代妖精遺產啊。」

戴面具的愛絲妲似是覺得有趣地笑著。

她的表情比以前露臉時豐富了許多。

「你還真是想了個破天荒的理由呢，劉布信以為真、拚命說服梵的樣子可說是傑作啊。」

「雷德先生的話術真是令我吃驚，居然有辦法讓那位劉布樞機卿相信那些沒根據的假話。」

亞爾貝這麼說並佩服著我。

「劉布和我主張要離開佐爾丹，但梵和菈本妲十分頑固，硬是要留下來搜索露緹。不過菈本妲單純是肯定梵的意見，梵他自己應該也還沒找到和露緹戰鬥的意義。」

「到目前為止的行動都一如預料啊。」

我說服劉布之後，劉布就不會幫梵尋找露緹。

只要劉布這個教會掌權者不幫忙，就沒有人會協助佐爾丹人厭惡的梵，他只能靠自己直接去找露緹了。

我們目前的計畫就是，在像這樣拖延時間的過程中，讓莉特去說服菈本妲。

「雖說我跟菈本妲交涉的感覺並不壞，但她專一的愛意十分難應付呢。」

「劉布那邊應該只要保持聯繫就沒問題了，接下來就專注於攻略菈本妲，還有處理梵的問題吧。」

「菈本妲那邊我還有勝算，但梵的意志怎麼樣呢？」

對於莉特的疑問，愛絲妲搖頭回答：

「和露緹戰鬥過後，梵的樣子實在不太尋常。如果是以前的梵，劉布把話講得那麼重應該就會乖乖聽話。」

「是因為『勇者』執著於殺死露緹嗎？」

達南如此低語。

嗯？

「『勇者』的衝動會讓人行於正道，我能理解他內心充滿了『遵從神的教誨而行於正道』的衝動。可是『打倒露緹來提高加護等級』這件事，有辦法讓他感受到那麼強烈的衝動嗎？」

「提高加護等級」就是創造出加護的神之教誨，重視這件事情屬於「勇者」正道的範疇。

不過為了提高加護等級，要找的對手未必得是露緹。就像梵在南洋提高過加護等級一樣，只要和擁有加護的強大敵手對戰，就能提高加護等級。

「天曉得呢，誰知道別人的加護會怎樣啊。」

達南似乎沒有打算深入思考，他用力拍打膝蓋，如此低語：

「沒法戰鬥讓我壓力愈來愈大！」

「要戰鬥的時候達南就是我們的王牌了，在那之前就先忍耐一下。」

既然不能讓露緹戰鬥，我們的最強戰力就是達南了。

能夠獨自阻止梵的人就只有達南而已。

「是這樣嗎？不過就那種貨色，雷德你應該也有辦法處理吧？」

「別說傻話了啦，梵可是同時面對達南和亞蘭朵菈菈，還能打得不相上下喔。」

「要不是有鹽龍阻撓，我早就在那時殺掉他了。」

達南後悔似的這麼說道。

如果把梵殺掉可是會讓局面變得十分麻煩，真希望達南別那麼衝動。

「……雖說『勇者』是人類的希望，但現在的梵看起來實在不是那麼一回事。」

愛絲妲開了口：

「我是不會因為他是『勇者』就強迫他去拯救世界，可是他的力量既然造成他人困擾，我們是否能夠開導他呢？這會不會是以前組成勇者隊伍踏上旅程的我們，才能做得到的？」

「說得也是啊……無論如何，問題就一個個解決吧，目前該做的是找菈本妲交涉。這部分會以莉特為主軸，就麻煩大家援助她了。」

「嗯，就靠大家幫忙嘍。」

聽了我說的話之後，莉特笑著回應。

「我沒事可做。」

看著這樣的我們，露緹嘟起嘴巴。

由於我們最想避免的就是露緹身分敗露，所以我們就讓露緹待機，將她當成其他人陷入即將喪命的狀況時，才會出動的最後手段。

當然，我們的行動原則就是要避免進入那種狀況，也希望露緹沒有必要出動。

「明明大家都在努力。」

看見露緹生悶氣的樣子，我們都笑了出來。

「露緹還有守護日常生活這項工作，我跟莉特、媞瑟不在的期間，藥店和藥草農園就交給妳照顧嘍。」

「這的確是很重要的事。」

露緹恍然大悟似的睜大眼睛，表情轉為笑容。

「店裡的事就交給我，藥放在什麼地方、有什麼效用我都記起來了。」

「交給妳嘍。」

「嗯。」

畢竟前陣子休長假確實有造成顧客不便，我不希望店裡有陣子沒人顧。

有露緹在真的解決了這個問題。

「等一下。」

之前一直沒有說話的亞蘭朵菈菈發出尖銳的聲音。

「梵一行人行動了！」

亞蘭朵菈菈能運用內心與植物相通的能力來感知事物。

只要是已經長期生活過，並且掌握有什麼植物生長的土地，她那種遍布大範圍的感知能力就會遠遠強過一般魔法或技能的感知。

「似乎正朝這裡過來！」

「我們被菈本姐的能力探查到了嗎？」

肯定是先前察覺到隱身的媞瑟的能力……下次和他們接觸就是在我這間雷德&莉特藥草店了。

我一臉嚴肅地指示大家接下來該如何行動。

＊　＊　＊

店門上頭的鈴鐺響起喀啷聲響。

腳步聲有兩人，氣息有三個人。

「歡迎光臨。」

站在櫃檯的莉特發話了。

「莉特。」

這是菈本姐的聲音。

「妳好，菈本姐，還有梵先生、劉布先生，歡迎光臨。」

「之前跟妳在一起的魁梧男人，還有愛絲姐、亞爾貝，以及媞瑟都來這了吧？」

「…………」

「妳想裝作不知道嗎？」

「不是，我只是不曉得妳怎麼會知道，所以還滿驚訝的。對，的確如妳所說，大家都來了喔。」

「看吧，就跟我說的一樣！」

菈本姐挺起小小的胸膛，好像在耍威風一樣。

「愛絲姐和莉特有所關聯！她早就背叛我們了！」

「唔唔唔。」

劉布的聲音聽起來很困惑的樣子。

「所謂的背叛，可是陷害夥伴的行為喔。愛絲姐有做出那種事嗎？」

「她不是瞞著我們偷偷行動了嗎！」

「嗯，這種事情也不適合在店裡面講……好吧，愛絲姐在裡面的房間，要不我們去裡面直接聊聊？」

莉特一副毫無動搖的樣子，並說出這種話。

她的態度讓菈本妲有點怯場，似乎也讓劉布產生了安心感。

可是梵——

「哦，有各式各樣的藥耶……啊，買這個藥回去吧。」

他只是天真無邪地望著羅列在櫃子裡頭的藥物。

隨著莉特的帶領，梵一行人來到了起居室。

在室內的是愛絲妲、亞爾貝、媞瑟，以及剛進來的莉特和梵一行人。

「魁梧的那個呢？」

「呵……讓他和劉布樞機卿同席的話這裡就太過狹窄，所以請他去別的房間了。」

愛絲妲這麼說並看向梵。

「我是有準備好要說明，不過梵好像不覺得我有背叛你們的樣子呢。」

梵露出疑惑的神色。

「其實也不是那麼一回事，但妳接下來要對我們說明吧？等我們確定妳是叛徒之後，再把妳當成叛徒來敵對也不遲啊。」

梵發出無憂無慮的笑聲。

他的個性比以前更不像一般人了。

「好了，愛絲妲！妳就招了吧，說『我背叛了我們，在這裡被梵殺掉也是理所當然的』！」

「別在我們店裡做那麼可怕的事啊。」

「不行，因為梵絕對是正確的，所以梵想要砍人的時候直接砍下去就行了！沒人有權利阻撓！」

「真是令人困擾的仙靈呢。」

莉特露出苦笑。

「不會演變成那種狀況的。」

愛絲妲代替莉特把話說下去：

「真沒想到我會被當成叛徒。劉布樞機卿不是託我去調查梵敵人的真實身分嗎？為了深入調查，我和熟知敵人資訊的人接觸，也是理所當然的行為。」

「熟知？」

「這方面的事情劉布應該也已經知道了。那些盜賊就是這位莉特的手下。」

「妳說什麼？」

對於劉布的發問，莉特依然維持從容的表情回答：

「我是在城鎮活躍過的冒險者。他們是我毀掉的盜賊公會裡某個幹部派閥的人。」

這是預先想好的謊言。

莉特沒有停頓，很流暢地繼續說下去：

「我們當然也有試著和愛絲妲接觸。而且，就像劉布猊下一樣，關於梵沒有必要與古代妖精遺產戰鬥這點，愛絲妲也接受了。」

「呣呣呣。」

「愛絲妲是為了梵的利益而行動，劉布猊下應該也已經理解『避免和古代妖精遺產對戰』這個結論的合理性吧？」

「嗯，是啊……」

劉布帶著困擾的表情回答。

菈本妲說不出半句話而咬緊牙根。

……好了，露緹和亞蘭朵菈菈已經跑到很遠的地方去了吧。

至少是到了我的能力沒辦法觸及她們氣息的距離。

時機應該差不多了。

＊　＊　＊

「喂，雷德，這樣真的好嗎？」

在我身邊的達南小聲這麼說。

我跟達南一起躲在工作室裡頭。

我和達南是在這裡聽聲音，掌握梵一行人的狀況。

「我本來想說要再觀察一下莉特和菈本妲交涉後造成怎樣的後果，不過對方都過來了，我們這時出招應該也是不錯的選擇。」

「也是，他們應該滿驚訝的吧。擺出假動作再趁對手露出空隙的時候一拳轟下去，的確是令人爽快的一瞬間啊。」

達南以武術比喻現在的狀況並笑出來。

「那我們過去吧。」

「好。」

我和達南沒有發出聲響，從藏身的房裡出去。

起居室裡頭的菈本妲以尖銳的聲音說三道四，而莉特也巧妙地用言語閃避。

「有誰在嗎？」

我聽見梵看著比較裡面的一道門並講出來的這句話。

「是那個魁梧的男人吧，搞什麼，結果還不是出來了！」

「不過這樣子你們就可以知道在古代妖精遺產出現之前，和梵戰鬥的到底是什麼人了吧？」

「意思是『勇者』露緹的夥伴，至少可以和梵拚個不相上下嗎……」

「我積極地想要交換資訊的理由就在這裡。身為對抗魔王軍的人，對他們保持敬意是理所當然。」

「我知道他們駐留在這個城鎮，身為這個城鎮的冒險者，會仰賴他們再正常也不過了。」

愛絲妲和媞瑟理直氣壯地這麼說。

「原來如此，是這麼一回事啊。」

梵老實地接受她們所說的話。

很好，以後我們也可以光明正大地聯絡愛絲妲和媞瑟了。

就把問題一個個解決吧。

「可是，如果是這樣的話，勇者露緹的夥伴為什麼會攻擊我呢？」

梵擺出一副真的什麼都不清楚的態度，說了這樣的話。

達南的額頭因為憤怒而鼓起青筋。

不妙！

我在達南爆發之前急忙繼續說明：

「那是因為你當時打算危害人們。」

「危害？」

「勇者戰鬥的理由，就是去拯救受苦的人們。雖說我們脫離了勇者隊伍，還是會想要防止這個城鎮的人們受難。」

「那是你們誤會了，我只是想要從迷惘中拯救大家，讓大家採取順從加護教誨的生活方式，才那麼做的。」

「這就是你身為勇者的作風嗎？可是我們的露緹並不是那樣。」

「……『勇者』露緹。」

「內心受到魔法操控、親朋好友遭到殺害，還有失去故鄉，這些都是『勇者』該拯救之人的苦難，絕對不是『勇者』該製造出來的狀況。」

梵攏出無法接受的表情，看著我的眼睛。

「我是『勇者』。我的『勇者』衝動告訴我，我的行動是正確的。」

「不過我是『引導者』。分配在我身上的是世上唯一能夠引導『勇者』的職務，而這也是神所賦予的。」

「……這……」

梵第一次語塞。

他的目光有一瞬間顯露迷惘。

梵認為信仰與加護絕對不能違背……對他而言，我這個身為「引導者」的存在正是天敵。

「引導者」是唯一一種為了影響「勇者」而創造出來的加護。

這就是我想要像現在這樣，在梵面前公開我身分的最大原因。

我覺得，如果這世上有人可以說服梵的話，人選就只有我而已了。

「梵，我覺得我一定得跟你談談才行。」

「…………」

梵在迷惘。

體現「勇者」之道就是梵一切決斷的依據，所以梵也沒辦法否定職務為「影響『勇者』」的我所說的話。

然而，這時有個小小的身影擋在梵和我之間。

「你別迷惑梵了！梵無論何時都是正確的喔！」

挺身出來阻擋的是菈本妲。

「菈本妲。」

「莉特，我不會讓任何人阻撓我的戀情喔！」

莉特和菈本妲相互對峙。

不知道是不是我多心，我覺得菈本妲比起瞪著我們的時候，看向莉特的目光少了一些敵意。

「嗯，我也沒有打算阻撓妳的戀情……只是想要介紹給妳認識。」

「…………」

莉特的表情變了，她露出安穩的笑容。

「他就是我的情人。」

「……這樣啊。」

「菈本妲。」

「什麼啦。」

「我跟雷德一起在佐爾丹相處的日常生活就是我的戀情喔，所以我不會讓任何人來阻撓。」

「……！」

菈本妲明顯地動搖了。

菈本妲和梵在不同層面上擁有強烈的價值觀。

無論對菈本姐說出多少用理論加以武裝的話語，想必都沒有辦法顛覆她心中的價值觀。

如果這世上有什麼唯一可以讓菈本姐聽進耳裡的話，那就只有同樣是戀情的內容了吧。

「我們雙方今天能夠互相認識，對於梵而言、對於妳而言、對於劉布猊下而言，還有對於我們而言，都是很有意義的一段邂逅……今天就此打住如何呢？」

「…………」

菈本妲的目光依舊瞪著莉特，不過她就這樣子直接移動到梵的肩膀上。

「哦？」

菈本妲退讓的舉動似乎讓劉布吃了一驚。

「該說不愧是勇者的夥伴嗎……那我們就當作過幾天會再找個機會好好聊聊，這樣子可以吧？」

「嗯，對我們雙方來說，在心煩意亂的狀態下談話也不好吧？」

「說得對……梵少年你也贊同吧？」

「……是。」

梵以無精打采的聲音回以同意之後，好像在深思著什麼。

＊　＊　＊

梵一行人回去後。

在雷德&莉特藥草店起居室——

「讓他們回去真的好嗎?趁梵心裡一團亂的時候，我們直接繼續追擊的話，說不定有辦法哄騙他喔。」

對於媞瑟的問題，我搖頭回答：

「的確有機會讓梵暫時同意我們的言論，可是他一定會振作起來的。」

梵心中叫做「信仰」的價值觀不會偏移。

我們該做的不是虛張聲勢，而是交涉。

如果我們沒有找到以梵信仰的角度出發也能讓他接受的答案，他就不可能放棄尋找露緹吧。

「真的有那種答案嗎?」

「這就看我們的努力了……」

我滿早就覺得，只要搬出「引導者」加護，梵就很有可能會聽我們說話。沒有打從

我再次喝起杯裡的茶。

聽了我說的話，達南嘆氣並且搔了搔後腦勺。

「唉，真是有夠麻煩，真希望來個揍飛一下就能解決的敵人啊。」

「這沒辦法像對抗魔王軍那時那樣處理啦……不過我的心情跟你差不多就是了。」

達南和亞蘭朵菈菈互相朝對方這麼說並苦笑著。

的確，我也開始想念靠戰鬥就能解決的那種單純事物了。

# 第四章
# 錯亂，然後失控

人生當中不知道會發生什麼事。

就算發生的事情有什麼緣由，並非神明的區區人類也不可能事先將那種緣由摸得一清二楚。

所以我到底想說什麼呢……其實就是出事了。

「在各位忙碌的時候前來打擾，真是不好意思。」

梵那夥人來我的店裡後過了五天——

今天來到店裡的是，在冒險者公會負責櫃檯業務的梅格莉雅小姐。

身穿冒險者公會制服的她一臉愧疚地低著頭。

在場的人有我、莉特、媞瑟、達南，還有亞蘭朵菈菈這五個人。

露緹正在藥草農園裡工作。

「我們無論如何都得委託露緹小姐和媞瑟小姐才行……有人發現海岸有一群海懼妖……」

「……沒辦法放著不管呢。」

海懼妖……「自大海前來者」。

大致上來說，海懼妖的外形近似戴帽子的人類男性，不過看起來像頭的部位只是擬態，真正的臉位於肚子。

牠會以與生俱來的能力釋放恐懼氣場干涉目標的心智，還可以奪走陷入恐懼的對象生命力，進而強化自身能力。

如果沒有能夠抵抗恐懼氣場的力量，討伐難度就會大幅提高。此外，號召弱小冒險者以數量取勝的方式也非常危險。

畢竟那可是稱作低階殺手的一種怪物。

而且最大的問題是，海懼妖是會危害人類聚落的種類。

海懼妖是床邊妖怪的亞種，是會吃兒童的怪物。

儘管不是會掠奪或毀滅村莊的那種怪物，卻會鎖定兒童並且抓起來吃掉。

其中沒有半點邏輯性。

就算以生物學的角度，去分析牠們為什麼一定要吃人類兒童，也是十分困難。

不過事實上，海懼妖就是會張開位於腹部的巨大漆黑嘴巴，並單純鎖定人類兒童。

彷彿是從惡意當中誕生，只為了讓人類受苦而存在的怪物。

儘管如此，只要派出C級中階冒險者就能夠打倒了……

「因為人都不在，沒有可以馬上行動的冒險者啊。」

會造成現在這種狀況，就和梵的行動有著意想不到的關聯。

梵為了搬移觸底的魔王船，便大量僱用勞工並且砸大錢當作工資。

他這樣的行為讓景氣變好，收入大增的各種組織也打算趁這個機會花錢解決先前放置不理的問題，就大方地委託冒險者去處理。

酬勞優異的委託令人眼前一亮，使得佐爾丹優秀的冒險者們全都接下委託、離開了佐爾丹。

另外，梵在南洋把位於食物鏈最高階的大型怪物全數打倒後，造成了怪物大遷徙，結果使海懼妖從近海移動到沿岸了吧。

我想梵應該沒有這樣子的意圖……但這個世界就是會發生這種事。

「我們知道一定要有人接受委託去處理。」

問題是該讓誰去。

當然，如果從我的夥伴裡頭找人，隨便挑一個人都可以單獨解決。

可是現在有梵的事要處理，我不希望任何人離開佐爾丹。

我和莉特需要分別找梵和菈本妲交涉。

要探查梵那夥人的狀況，亞蘭朵菈菈操縱植物的力量就不可或缺。

媞瑟要準備非戰不可時的避難路線，而且她也有和愛絲妲聯絡。

達南是我們的最強戰力，現在雖然沒他的事，但我希望他能保持可以隨時出動的狀態。

而露緹現在出去就太招搖了，不能派她過去。露緹被梵那夥人發現就等同於最慘的情境。

既然如此……

我瞄了一下乘在媞瑟肩上的小小身影。

憂憂先生好像在說交給牠沒問題一樣，跳了起來。

「不不不，這樣還是不太行吧……」

憂憂先生是很可靠的蜘蛛，面對海懼妖的恐怖氣場應該也能無動於衷，只是一隻海懼妖就會讓C級冒險者難以應付，憂憂先生隻身對付一群海懼妖應該還是很危險。

不過牠可是憂憂先生啊……

「如果是哥布林群體那種程度還說得過去，但就算是憂憂先生，也應付不來海懼妖喔。」

媞瑟斬釘截鐵地回絕了。

憂憂先生沮喪了起來。

……如果是哥布林群體那種程度，憂憂先生就有辦法打倒嗎？

「果然還是只能由我盡可能迅速討伐了吧。」

媞瑟這麼說道。

雖然仍會令人擔憂，但在我們和梵之間的關係比較穩定的現況下，交給媞瑟處理還是第二好的選擇吧。

「……不對。」

我在腦裡思索我忽然想到的事情。

不知道能不能順利進行？

「我想讓我、莉特、達南這三個人來接受委託。」

「英雄莉特會接受委託嗎？」

「對，這次有點狀況，就特別接受。」

「十分感謝！太好了，這樣就能放心了！」

梅格莉雅小姐顯露鬆了一口氣的表情並笑出來，然後很禮貌地道別後，便回去了。

「兩位，不好意思由我替你們下決定，但你們可以幫個忙嗎？」

「當然好，雖然對手只是小角色，但能大鬧一場也不錯。」

「對抗怪物的時候也會需要你戒備梵，就拜託你了。」

「包在我身上。」

好，對手可是危險的怪物，盡早行動吧。

＊　＊　＊

兩小時後。

在前往南方的道路——

「讓路！讓路！」

手持轡繩的馬伕吆喝聲很有氣勢，可是拉著貨車的驢子卻一點也不急的樣子，悠悠哉哉地在狹窄的街道上行走。

貨車上面乘載著海水魚與椰子。

這條路是將海岸的漁村與佐爾丹連接起來的道路。

與通往大陸中央的西方道路不同，路面既狹窄又沒有好好鋪設。

當然，這並不是石板路面，只是鋪上碎石的道路。

「真是的，居然為那種東西讓道，你可真是個濫好人呢！」

梵避開貨車而移動到路邊的時候踩到了水窪，使得鞋子沾滿泥巴。看見梵的鞋子變成那樣，菈本妲就大肆發怒。

可是，要人讓路與要貨車讓路相比，想必是貨車讓路會比較麻煩。

這並不是濫好人，只能說是理所當然的判斷。

不過對菈本妲講這些，她也一定沒有辦法接受就是了。

「再一下子就到了，差不多該進入備戰狀態。」

「什麼時候開打都沒關係，因為『勇者』隨時隨地都準備好要應戰。」

聽了我說的話，梵以開朗的語調如此回答。

雖說並不像是即將上戰場的態度，但「勇者」梵就是這樣。

對梵而言，不需要特別切換心態就能戰鬥，戰鬥就是他日常生活的一部分。

的確，加護不會依據日常與非日常來切換衝動，他這樣或許正是神所追求的模樣……不過我喜歡沒在戰鬥的時候會變得有點不拘小節的露緹。

那是並非完美「勇者」的露緹展現個人性格的部分。

就算是還沒從「勇者」當中解脫的時候，露緹也還是露緹她自己。

可是梵現在有展現出自我嗎？

百分之百順從「勇者」衝動的勇者。

照理來說，如果具有不會反抗衝動的人格，強烈的衝動應該就不會對人格產生影響……可是我不太認識梵這個人，也沒辦法得知梵在接觸加護前是什麼樣的個性。

「看見了。」

梵這麼說。

黑色的影子在海岸成群結隊地步行。

彎曲著高挑的身體、好像拖著腿步行一般的樣貌令人覺得詭異。

「是海懼妖群。」

「那麼，我跟雷德在前方戰鬥就可以了吧。」

「對，莉特和菈本妲用魔法支援，達南就把打算脫逃的海懼妖解決掉。就算只有一隻逃掉也很麻煩。」

「我還想盡情地大鬧一場呢。不過都這麼分配了，就包在我身上吧。」

只要交給達南，就不必擔心漏殺任何目標。我們只需要專注於攻向我們的敵人，其他的交給達南應該就行了。

我必須在討伐怪物的同時，也對梵的價值觀結實地施以一擊才行。

達南雖然是梵、菈本妲與我們敵對時的必要戰力，但也是讓我能夠傾力與梵交涉的人選。

我放心地拔出劍來。

「為什麼是銅劍？」

梵看著我的劍這麼說。

梵的劍是露緹以前持有的降魔聖劍的仿製品。那是最近鍛造出來的，應該不是什麼歷史悠久的寶劍，不過鋒利程度可不輸古時鍛造的魔法之劍。

我的銅劍根本就比不上它。

「離開隊伍的時候，裝備全部都還回去了。從拯救世界的戰鬥中脫身的我不需要那些東西。」

「可是就算沒為拯救世界而戰，我們每個人只要活著就必須戰鬥吧？」

「是啊，所以我才像這樣拿著銅劍。」

「唔嗯……」

梵露出好像有聽懂又好像沒聽懂的表情。

不同於愛絲妲跟他之間的問答，我對他講的是「勇者」以外的加護體現方式。

梵對於自己的加護抱持絕對的自信，但他對於其他人的加護應該有許多不知道的事情。

他就是十分重視「順從加護」的信仰，才沒辦法對他人基於加護的行動加以斷言。

所以我覺得與其跟他談論「勇者」，談論「引導者」會更有效果。

「好，我會從右側進攻，梵就麻煩從左側過去。」

「是！」

我們一口氣衝出去之後，就從左右兩側向海懼妖群突進。

「哇哈哈哈哈哈。」

海懼妖發出近似人類笑聲的聲響。

那詭異的聲音就算沒有魔法效果，也會讓全身只有戰鬥裝備的村人覺得很可怕吧。

而且恐懼還會為海懼妖帶來力量。

「身為『勇者』的梵不會畏懼，所以這方面可以放心啊。」

海懼妖智力比動物高，但沒有聰明到跟人類一樣的程度。

至於牠們的戰鬥，一般來說也不會採取高階戰術……

「幻痛。」

「畏懼之環。」

「驚悚。」

會對心智產生作用的魔法接連發動。

海懼妖的特徵是非常容易產生具有「妖術師（Sorcerer）」加護的個體。三隻海懼妖會有一隻是「妖術師」，操控各式各樣的魔法。

牠們會學習對心智產生作用的魔法，尤其愛好令人產生恐懼與痛楚的那些。

……據說牠們沒在戰鬥的時候，也會對抓到的孩子們使出那樣的魔法。

根據怪物學者的說法，因為恐懼和痛楚而哭叫的兒童，會讓海懼妖更有食欲。

居住於這個世界的怪物當中，也存在著無論如何都只能去討伐，無法與人類共存的惡意。

「春之精靈啊，吹響融雪的號角吧！解凍號角！」

莉特的精靈魔法讓號角聲在戰場上響起。

這是提高士氣的魔法，也是面對恐懼的反擊手段。

對於將恐懼化為能源的海懼妖而言，這反而會讓牠們退縮。

「幻痛的效果還在，不過這點程度不會造成太大的問題。」

「這種魔法對『勇者』不管用！」

那是以虛幻的痛楚阻礙對手動作的魔法技倆。

身上會竄過針刺般的痛楚，但不會造成實際傷害。

「「喝啊啊！」」

「哇哈、哈哈、哇哈哈！」

海懼妖群在發出詭異笑聲的同時倒了下去。

「雖然這種敵人不算什麼……但『勇者』還是會討伐邪惡！」

真不愧是「勇者」啊。

以鉤爪襲來的海懼妖群接二連三被梵斬殺而倒地。

瞄準對手要害，正確無比的一擊。

那是「暴擊強化」的技能和「上級武器熟練」的技能吧。

就算對手是異形怪物也能用技能看出其要害部位，再以能夠正確揮動武器的技能來揮劍。既迅速且準確，力量也強大。

可是其中沒有意志。

梵的劍法給我一種「只是重複使出固定動作」的印象。

儘管他十分執著地四處揮動殺生之劍，「打算斬殺對手」的心思卻沒有寄託在那把劍上。

「原來如此啊。」

這世上好像也有稱作「無我之劍」的境地，但他的狀況應該不是那樣。

該稱作機械之劍，不對，加護之劍比較貼切嗎？

「哇哈哈哈。」

「哎呀，我可不能被抓到！」

我在閃躲鉤爪的同時揮劍反擊，斬殺海懼妖。

緊接著揮砍背後的對手，再撇開跨過夥伴屍身向我跳來的海懼妖鉤爪，藉此閃躲攻擊，並趁牠姿勢不穩時加以斬擊。

至於梵那邊，唔嗯……

我擺起劍身位於下段的架勢，衝了過去。

「……！」

梵的左手臂被海懼妖咬住了。

可是梵臉上仍是戰鬥表情，就這樣把劍插進海懼妖身體。

只是，要把插進去的劍拔出來的時候會造成些許空隙。

敵人眾多時，插得那麼深就是下下策了。

一群海懼妖衝向停下動作的梵，我也跳過去接連斬殺其中三隻海懼妖。

「吉迪恩先生，我沒問題的。」

「你的戰鬥風格是以利用『治癒之手』為前提吧，可是你這種戰法到底是不做防禦還是無法防禦？」

「我只是無論何時都全力奮戰而已！」

面對過來包圍我們的海懼妖，我們兩個背對背地迎擊。

「面對比你差勁的對手，不要採取那種以負傷為前提的作法！」

我們兩人手上的劍發出亮光，讓沙岸染上海懼妖的血。

「對抗邪惡的時候不會放水，這就是『勇者』的戰鬥方式！」

「放水是要讓自己比較輕鬆，依據對手不同來改變戰術並不是在放水。」

原本為數眾多的海懼妖也只剩下差不多十隻。

「你斬殺了幾隻？」

「咦？」

「你連打倒了多少對手都不曉得啊。」

「為什麼需要在意那種事情？」

梵一副不得要領的態度並歪了歪頭。

「『勇者』該做的是打倒邪惡，無論數量是一個、一萬個，還是難以計量，我該做的就只有持續戰鬥。」

「梵，你可真弱啊。」

「儘管我並沒有在追求強大，不過『勇者』可是神所賦予的最強職務，我是有打算提高加護等級變得比任何人都強喔。」

「一開始在這邊的海懼妖有四十五隻。我二十四隻、梵十七隻、達南兩隻、莉特一隻。」

「……這又怎樣？」

梵打倒了最後剩下的那一隻海懼妖。

這樣子討伐就結束了吧。

「如果有人打倒的敵人數量較多，就能推算出那個人達成了戰鬥中的重要職務。梵你身為擁有超強力量的『勇者』，打倒海懼妖的速度卻比我還要慢。」

「那是因為……」

「既然『勇者』是特別的加護，這種狀況就非得改善才行。」

梵或許是想不到能怎麼對我回嘴，他收劍後一直閉著嘴巴。

愛絲妲應該沒對他講過這種話吧。

對愛絲妲而言，「勇者」這種存在太特別了。

這或許是因為她只有看過成長後的露緹。

可是我也熟知露緹還沒有得到力量的那段日子。

露緹並不是什麼都不做就變強，她也是不斷努力才變強的。

就這點來看，完全仰賴加護力量的梵比露緹還要弱小……對敵人不屑一顧，只是一股腦地將自己的劍加諸在敵人身上的劍術十分脆弱。

梵是以「治癒之手」這種「勇者」專用的技能彌補這樣的弱勢才能戰鬥，但他一遇上「治癒之手」無法應付的狀況就完蛋了。

不過就算直接把這些話講給梵聽，把加護當成不可動搖的信仰的他想必也聽不進去。梵認為加護帶給他的強大就是一切，如果因此敗陣也是神的旨意。

所以，我才讓他跟我比較。

「『引導者』是引導『勇者』的加護。在超越我的一切之前，『勇者』可以說是尚未完善……我是這麼想的，梵你又怎麼想呢？」

「……嗯，或許正如吉迪恩先生所說。」

正是因為他認為加護不可動搖，使他沒辦法否定「勇者」與「引導者」的關聯。

梵久違地，不，這或許是他第一次回顧自己的戰鬥。

「梵！」

哎呀，有人來礙事了。

飛至梵臉頰邊的菈本妲狠狠地瞪我。

那目光充滿殺氣，好像真的要殺死我一樣。要是莉特她不在這，我跟菈本妲說不定早就打起來了。

「我只是說出事實罷了。」

我聳聳肩笑出來。

如果我講的是思想，菈本妲應該會氣沖沖地否定我，但她可沒辦法否定事實。

這個叫做菈本妲的仙靈比我們想得更加聰穎。

菈本妲其實也覺得梵的戰法不好，我看了她的目光就發覺她有這樣的想法。

她是在知道梵弱點的前提上，認為梵保持原本的樣子就好。

要是跟這種無論什麼都予以肯定的情人一起相處，感覺會讓自己變成廢人啊。

「怎樣啦！」

「沒事沒事，什麼事都沒有。話說回來，菈本妲妳沒什麼在援助我們耶。」

「我明明就有！」

菈本妲有使出以風力輔助行動的「順風」，和用竄過地面的衝擊絆倒對手的「雷踏」等魔法來援助梵。

不過每一招都是初階的下級魔法，不會讓人聯想到連達南和莉特都會戒備的「妖術師」所使出的魔法。

「菈本妲使用魔法的時機抓得很好，真的幫上我很多忙。」

「呀～謝謝你，梵！」

菈本妲以她小小的唇瓣親吻梵的臉頰。

菈本妲的仙靈性質應該是偏向破壞。所以她擅長的魔法也不是援助用，而是將能量轟在對手身上的那類破壞魔法。

她或許是不想讓梵看見她那麼做的樣子吧。

由於她有對莉特、達南用過魔法，應該並非不想讓別人知道她很強大。

恐怕是因為用了破壞魔法就會變回原本的自己，無法維持小小仙靈的樣貌。

關於梵和菈本妲，目前能知道的差不多就這些了吧。

接下來我想跟莉特談談，擬定今後的計畫了。

可是這個時候，一直看著沙灘的莉特大喊出聲：

「雷德！還有存活的海懼妖！」

「妳說什麼！」

我和梵跑向莉特身邊。

「妳發現什麼了嗎？」

「你看得懂這足跡嗎？」

「在被踩壞的痕跡下，有著稍早留下的足跡啊。」

「嗯，只有這個足跡有走去前面並且折返。」

「如果是這前面，走一小段的地方有個漁村啊。」

「也就是說，有一隻跑去漁村了？可是有折返的話代表回來了吧？」

對於梵說的話，莉特表達同意：

「對，有一隻去了漁村，然後回到群體中呼喚同伴，打算再去一次村子喔。」

「為了抓取兒童。」

梵的表情產生了變化……他怒不可遏。

「而且，恐怕有一個兒童已經被抓。看見這種狀況，其他的海懼妖一定也往村子過去了。」

「那我們得快點過去救人！」

梵認為人的存亡也都是神的旨意，這樣的他認為唯一該庇護的對象就是兒童。

世上所有的生物都該順從加護的職務而生，而後死去。

可是絕大多數的兒童都還沒有接觸到加護。

如果沒有意會到自己的職務便無法遵照信仰而生，所以兒童一定要得到庇護。這是教會的基本教義之一。

而且無論是誰殺害了兒童，都不會讓自己的加護得到成長。就理論上來看，既然「為了讓加護成長就必須相互殘殺」是神的教誨，殺死不會讓加護成長的兒童就是世上最邪惡的作為了。

雖說這點其實沒有直接寫在經典上，但每位神學者對於「不該殺害觸及加護前的兒童」這種解釋都有共識。

教會有在世界各地營運孤兒院，也正是因為遵循教義。

因此，對梵來說兒童也是該庇護的對象。

「是啊，我也想立刻行動……你有辦法追蹤足跡嗎？」

我詢問梵。

「……我沒辦法。」

梵的語氣有所動搖。

會這樣是因為他學會的都是增強戰鬥能力的技能吧。

既然他遵循「勇者」的職務，以及「依靠戰鬥讓加護成長就是善事」這種教會的教誨，只學習那類技能也是必然的方針。

「我知道了，就由莉特和我來追蹤吧。」

「嗯……」

「做勇者的別露出那種表情。」

我拍拍垂頭喪氣的梵的背後並笑了出來。

「勇者無論何時都是希望象徵。所以你現在只需要為我和莉特能夠追蹤足跡的事實開心就好，接下來的事情等結束後再想吧。」

「說得也是。」

梵並沒有多少像這次一樣當個冒險者的經驗。

也有可能是缺乏冒險者經驗這點，將梵塑造成純粹又扭曲的「勇者」了吧。

「……這也令人覺得有點不太對勁呢。」

「咦？」

「不，什麼事都沒有。」

我總覺得「勇者」衝動與梵這個人的人格形成有著不太相稱的地方。

我從露緹小時候就看著她這個「勇者」的成長。露緹她溫柔可愛、人見人愛的人格當然不是單靠「勇者」衝動就能形成，可是在這樣的前提上，「勇者」是否會培養出梵這樣的人格還是讓我抱持疑問。

「我說啊，梵。」

菈本妲拉著梵的耳朵。

「怎麼了，菈本姐？」

「只要找到跟那些傢伙形狀一樣的生物就行了吧？」

「妳是說海懼妖？」

「嗯，我可以找出來喔。」

「真的嗎！」

「這是當然，我不可能對梵說謊的！」

菈本姐目光發亮地這麼說。

能夠幫上梵的忙似乎讓她很高興。

或許是莉特在剛才的戰鬥中持續給予有效援助，使得菈本姐累積不少挫折感吧。

「真是厲害，居然能夠找到位於遠方的海懼妖啊。」

「呵呵，只要是這陣風能吹到的地方，有什麼生物我都會知道喔。」

菈本姐得意地這麼說。

原來如此，是運用風吹的感知能力啊。

既然她用了「形狀一樣」這樣的表現方式，應該是她可以大略區分人類和海懼妖等生物，只是要再分出個體差異的話就需要實際見過面，把形狀記起來才行。

……有大仙子級的仙靈當夥伴真是太犯規了。如果我們的旅途中也有這樣的夥伴，應該會得到非常多的幫助吧。

「那麼，梵……還有其他那些人！跟我來！」

「嗯，我們盡快去救人吧！」

梵跑在飛於空中的菈本妲後頭。

我們也晚一步追逐勇者的背影，邁開步伐奔跑。

「欸，雷德。」

之前一直保持沉默的達南靠近我，小聲地向我搭話。

「這樣子你也掌握到菈本妲的能力，應該會有辦法應付了吧。」

「算是吧。」

「你到底有計劃到什麼地步啊？很猛耶，讓我想起你還是吉迪恩的時期了。」

「……這種事情我希望發生這麼一次就好嘍。」

雖說我不太想再進行這種好像在慢慢削弱心智的交涉……

不過，對於被海懼妖抓走的兒童，我當然要盡全力去營救。我也有事先跟莉特提過早就有兒童被抓走的可能性，請她去調查足跡。

不過利用早就有兒童被抓走的可能性來規劃該如何交涉，對於現在身為雷德的我來說，心情實在是很不舒服。

「事情結束後，我們倆就放輕鬆泡個澡吧。」

「莉特……說得也是，我有點想悠哉一下。」

為了守護我們的日常生活（慢生活），就再努力一下吧。

＊　＊　＊

我覺得兒童還活著的可能性為五成。

海懼妖不會馬上吃掉兒童，而是將恐懼的感情搾得一乾二淨再吃掉。

「咿唔咿唔……」

受海水侵蝕鑿出的洞窟裡頭，兒童沙啞的嗓音混在海浪聲當中傳了出來。

雖說那是小到一般人耳朵聽不見的聲音，不過在這裡的可是千錘百鍊的英雄們。

我打算讓大家隨著我的信號一起攻進去，而我向梵一看——

「梵……！」

就發覺梵並沒有等我打信號，自顧自地衝了出去。

他把劍拔出來，跑向黑暗之中。

「那傢伙沒有『暗視』的技能吧！菈本姐！」

「我知道啦！別命令我！」

莅本姐立刻結印。

「磷火！」

亮度和燈籠差不多的光球追逐梵飛過去。

我們也跟在後頭奔跑。

「哇哈哈哈。」

海懼妖有兩隻。

一隻正打算跳向梵，一隻位於岩石陰影處。如果是平常的梵應該會發覺到，但身處一片黑暗且欠缺冷靜的狀況，讓他看漏了敵人。

梵的劍將第一隻海懼妖斬成兩段。

面對滿是空隙的梵，最後一隻海懼妖想要將尖牙插進他的背部。

「哇、哈……？」

「梵！不是跟你說過，面對雜魚不要採取以負傷為前提的戰法了嗎！」

我拋出去的銅劍貫穿海懼妖的身體。

「哇哈哈……」

留下詭異的笑聲，海懼妖的身體倒了下去。

「可惡！」

梵持劍插進牠身軀，了結牠的性命。

「小孩子要不要緊？」

「在這裡！」

梵跑至倒下的女孩子身邊。

「太慘了……！」

女孩被魔法燈光照亮，莉特看見她的狀態便倒抽一口氣。

那個女孩的肉體和心智都受到了殘忍的折磨。

精神面的衝擊甚至讓她沒辦法認知到我們的出現。

她連哭聲都發不出來，嘴裡只漏出「咿唔咿唔」這種好像很痛苦的呼吸聲。

「應該能讓她保住一條命，但用我的魔法沒辦法令她康復……」

莉特痛苦似的這麼說道。

「沒問題的，有梵在。」

梵把劍放下之後，將右手按在少女額頭上。

「『治癒之手』！」

梵的身體發出激烈的強光。

同樣的技能也會依據使用者而有所不同。

露緹的「治癒之手」是如同陪伴身邊的安穩光輝，不過梵的「治癒之手」是讓生命力奮起的強烈光輝。

「啊、啊……」

傷勢痊癒的女孩子嘴裡發出了聲音。

「嗚啊啊啊啊啊嗯！」

那個女孩彷彿將之前忘記的眼淚全都哭出來一般，往梵的懷裡抱過去。

梵一副不知道該怎麼做才好的樣子，只是接納抱住他的女孩，就像父母會對哭泣的孩子所做的一樣，撫摸著她的背。

＊　＊　＊

「真的非常感謝！不知道該怎麼答謝你們才好……！」

女孩的雙親不停地向我們道謝。

「沒關係，其實是公會委託我們去討伐怪物。救人也是我們的工作內容。」

我一邊安撫她的雙親，一邊側眼觀察梵的表情。

「『勇者』幫助他人是理所當然的，沒必要感謝我喔。」

「啊啊，勇者大人……！戴密斯神啊，感謝您將勇者大人派來我們身邊！」

梵還是老樣子冷淡以對。

儘管如此，他那種冰冷的態度看起來像是希望孩子雙親別太顧慮，所以也讓雙親感激的程度更為提升。

「勇者大人。」

聲音還有點沙啞的女孩子看著梵說道：

「謝謝。」

「……嗯。」

梵好不容易才擠出回應，他的表情看在我的眼裡比先前都更像一個人類。

＊　＊　＊

隔天。

位於港區的餐廳——

「那個梵居然……那真是令人難以置信的變化。」

象。

愛絲妲吃著墨魚麵的時候深有感慨地這麼說道。

雖然這不怎麼重要，但她還是蒂奧德萊的時候，給人一種絕對不會吃墨魚麵的印象。

不，這只是我自己的偏見。

「嗯，這真好吃。」

愛絲妲這麼說的同時，也毫邁地吃下用叉子捲起來的麵條。

坐她旁邊的亞爾貝也津津有味地吃著。

「可惜莉特沒來，這裡的麵食可是一絕。」

「莉特跟達南一起去找菈本妲交涉了。」

「雷德可以跟梵順利交談很厲害，不過莉特能跟菈本妲交涉也真是了不起。」

「她好像是把戀愛這個共通點當成立足點，藉此推展交涉的樣子。菈本妲前陣子看見我跟莉特相互配合的狀況，好像有點在意自己對梵的援助沒有做得很好，這就變成現在的交涉要點了。」

梵與菈本妲的瓶頸都在於價值觀太狹隘。

梵只專注於加護，菈本妲則只專注於戀愛。

沒辦法在專注的事物以外找到價值——該怎麼處理他們那種心胸狹隘的觀點，就是我們要克服的問題。

「真的不太順利啊。」

放下叉子的愛絲妲隨口低語了一句。

「嗯？妳是指什麼？」

「是說我自己的事，旅途中我跟梵、菈本妲交談的機會明明就非常多，卻沒有辦法對他們的想法造成影響。雷德你們在這麼短的期間達成我做不到的事，我當然會失去自信啊。」

愛絲妲的口氣有點自嘲。

以前一同旅行的時候我沒發覺到，不過愛絲妲會有將不滿的情緒累積在心裡，並且認為那都是自己不夠好的傾向。

比如說以前沒辦法成為露緹的助力，或是隊伍即將分崩離析的時候沒辦法挽救，她好像都認為是自己能力不夠，因而鑽牛角尖了許久的樣子。

作為一名武者或聖職人員，基本上都很優秀的她，或許有著無論什麼事情都該靠自己解決的想法吧。

我想說一些能夠安慰她的話，可是……嗯——

「不過現在能有這樣的狀況，都是多虧有愛絲妲小姐喔。」

旁邊的亞爾貝比我搶先一步，說了這樣的話。

「是這樣子嗎？」

「是啊，正是因為愛絲妲小姐先派我過來，趁早告訴雷德先生他們梵要過來的事，才有辦法營造出現在的狀況。所以我覺得，愛絲妲小姐妳可以為自己的功績更驕傲一些。」

「唔、嗯，既然亞爾貝都這麼說了……或許就是這樣吧。」

「愛絲妲小姐做不到的事情也有雷德先生他們應對，這與我們先前討論時設想的最慘狀況相比，可說是相差甚遠，就算說是十分良好的狀況也不為過。」

哦，講得很好耶，亞爾貝。

「這、這樣啊……」

「是的，所以愛絲妲小姐要更有自信。就算戴上面具隱藏功績，愛絲妲小姐到底是多麼努力地走到現在，我還是全部都知道的。」

亞爾貝憧憬英雄的個性，會像這樣子產生效果啊。

「你們真是對好搭檔。」

我不禁這麼說。

愛絲妲的臉頰紅了起來。

「別、別說傻話了！不、不是的，我剛才的意思不是說亞爾貝不配當我的搭檔，等一下，亞爾貝，你別擺出那種表情啊。」

這真是會令人火燒心的對話啊。

「這種話你可沒資格對我說喔，雷德！」

我不知道為什麼被罵了。

「……可是仔細想想也沒錯。」

亞爾貝一臉難色地說：

「如果戀愛是交涉的關鍵，對愛絲妲小姐來說應該挺困難的。」

「……嗯，不對吧，其實我也行啊。」

「看在愛絲妲小姐這麼厲害的人眼裡，一般男人應該就像木頭人，而且為了引導勇者，應該也忙到沒時間去思考戀愛感情的事。這樣子根本就拿莅本妲沒辦法啊。」

這個傢伙……沒想到習得了感情遲鈍的屬性，甚至還有在重要關頭踩到地雷的屬性啊！

唉，愛絲妲有點沮喪了。

「……我們言歸正傳，認真聊吧。」

「好的。」

愛絲妲的嗓音明顯變得沉悶，但亞爾貝似乎沒有發覺到這點。

「看來前景堪慮啊，加油吧。」

「你真囉嗦，這事解決之後你得陪我談談。」

之前真沒想到能跟愛絲妲聊這種話。

我莫名地覺得挺開心，就笑出聲來了。

「真是的，另外，關於佐爾丹冒險者不足這點——」

愛絲妲眉毛變成八字形，對我的笑聲提出抗議……不過她的嘴角看來是有點開心的樣子，並且將對話方向拉回原本的主題。

「佐爾丹冒險者不足的狀況，說是亞爾貝會來處理？」

「對。」

經我一問，愛絲妲點了頭。

「可是亞爾貝離開這裡沒關係嗎？你好像有幫愛絲妲去各地處理事情呢。」

「我也不是只有在辦她委託我的事情喔。我很了解佐爾丹冒險者們的情形，也有適當地幫公會分配委託，讓事務進展得更順利。如果有什麼無論如何分配都無法解決的事，才會由我出馬解決。」

「哦，沒想到冒險者公會會接受你耶。」

「的確，讓曾經背叛佐爾丹的我管事，應該讓他們十分氣憤……但他們不想讓『勇者』梵幫忙的心緒看來是更加強烈。」

「他真的被討厭了呢。」

「再怎麼說，雖然他打算用仙靈王之盾操作心智的事情沒被發現，但他侮辱了市長等人，還把龍叫過來的事情可是眾所皆知了啊。」

亞爾貝聳了聳肩。

「他們是覺得與其再找梵幫忙，還不如找我去幫忙嘍。而且找我也不用花錢。」

亞爾貝在惡魔加護事件的罪行得到特赦的條件，就是以服務教會的方式來贖罪。這樣的他除了收取捐贈以外，禁止以任何方式賺錢。

「而且那起事件確實和我有關……所以能像現在這樣幫上佐爾丹的忙，讓我很開心。」

畢格霍克和亞爾貝引發的惡魔加護事件。

他們兩人在移民們的貧民區——南沼區煽動暴動，打算以政變來掌握佐爾丹。

亞爾貝想讓佐爾丹成為軍事國家，並且變成勇者的夥伴。

沒想到他現在的行動目標，反而是從勇者手中守護佐爾丹。

人生當中還真的不知道會發生什麼事。

「如此一來，比較急迫的委託也會去他那邊吧，我們就能專注在梵的事情上了。」

「真是幫了大忙，這次雖然巧妙利用了委託……但我希望你們知道，還能跟梵交涉的次數只剩下一次。」

「聽你的說法，討伐海懼妖時令他十分動搖，但這樣還是只能再談一次嗎？」

「他心中的信仰還是堅定不移，重點是，他以經典為基礎的理論相當優秀。那種理論能夠建立聖方教會這種跨越國家的阿瓦隆大陸最大組織，真的不容小覷。」

有史以來，為了封住反抗教會權威的各種異端神學者的嘴，許許多多的神學者便不停加強那方面的理論。

再加上梵身為勇者的精神力，修道院讓梵根深柢固的信仰理論一定能讓梵重新振作起來。

我們必須在下一次的交涉做個了結才行。

「說是這麼說，但我們也不能把時間拖得太長啊。」

如果以攻城戰來比喻，就是我們即將要攻下城池。

但我們的補給也已經到了極限。

要是下一波攻勢失敗，受到反擊的話，我們就會被逼至必死無疑的狀況。

「啊——真是討厭，有夠剝削心智耶。」

「還在旅行的時候這不是家常便飯嗎？」

愛絲妲這麼說。

輸了就完蛋了。

與魔王軍之間的戰鬥，絕大多數都是這種狀況。

「現在回想起來，當時真的有夠拚啊。」

雖然沒有說出口，但我也有許多感到絕望的時刻。

洛嘉維亞公國的戰鬥也是，通過幻惑森林，發覺前方有魔王軍在的時候也做好了心理準備。

「我聽莉特說過，你當時帶著充滿自信的目光說了『做不到的事情我是不會去做的』來鼓勵她。」

「我的意思是我對聲東擊西會成功很有自信，要是在那個時候直說可能會死，也只會讓莉特……還有艾瑞斯很痛苦吧？」

「……也對。」

聽見艾瑞斯的名字，愛絲妲微微地把頭轉向一邊，轉換了話題：

「我會像之前那樣，跟劉布一起去說服梵。梵還是老樣子，但我覺得菈本妲最近比較不會反駁我們了。或許是莉特跟她交涉了好幾天，使得她內心動搖了吧。」

「如果連莉本妲都轉移到說服梵的一方，就能看見勝算了啊。」

「雷德你打算在那個時候追擊嗎？」

「對，那是最好的狀況……可是——」

「可是什麼？」

「人生當中不知道會發生什麼事啊。」

「……的確。」

至少要做好準備。

為了守護我們的日常生活（慢生活）而準備。

＊　＊　＊

「歡迎回來，哥哥。」

回到店裡頭後，站在櫃檯裡的露緹便出來迎接我。

「我回來了，露緹。莉特還沒回來嗎？」

「還沒。」

櫃子裡的藥很充足啊。

畢竟前陣子才補過貨，應該可以撐上一陣子。

「我接下來會待在店裡頭，露緹妳呢？要回藥草農園那裡嗎？」

「不必，那邊的工作上午就處理完了。」

「這樣啊，那我也得為露緹做一份晚餐嘍。」

「太好了——」

露緹兩手高舉表達喜悅。

她那樣的姿態讓我心靈祥和的同時，我也站到她的身邊。

「我們一起顧店吧。」

「嗯。」

我們在櫃台裡肩並肩，顧著這間店。

今天顧客很少，頂多偶爾接應一下來買藥的散客。

「你聽我說啊，雷德！我們受到亞爾貝的指名嘍！」

「雖說那是我們平常不會接的委託，但他說只要有耐毒藥水，靠我們也能應付。」

D級冒險者隊伍這麼說，意氣揚揚地買了藥。

後來也有幾名冒險者造訪雷德&莉特藥草店。

「雷德！給我一瓶治癒藥水！」

「我要雷電附魔油！」

「給我三個鹼瓶，這樣子好像就可以輕鬆打倒擬龍史萊姆了。」

看來亞爾貝有確實對他指名的冒險者給予建議。能夠賣出冒險用的高價藥水，對店裡的營利也有很大的貢獻。

他果然本來就有成為佐爾丹英雄的潛能呢。

雖說亞爾貝對於現在的自己好像很滿足……但我也想看看亞爾貝以佐爾丹英雄的身分抬頭挺胸的樣子。

「『謝謝惠顧。』」

不知不覺就到了傍晚。

下班回程來買藥的客人也離開了，距離打烊前還有一點可以放鬆的時間。

「趁現在打掃一下好了。」

我打算去準備拖把而離開櫃檯。

「哥哥。」

露緹叫住我。

「怎麼了？」

「……你還好吧？」

露緹擔心似的看著我的臉。

「啊哈哈，露緹妳看得出來啊。」

「嗯，哥哥你十分疲累。」

梵是個強敵。

不只是力量強大，他身為教會「勇者」的立場也是無可比擬地麻煩。

「打掃。」

「嗯，啊，我現在要開始做。」

「不，我們一起打掃吧。」

露緹這麼說，從裡面的房間拿出清掃用具。

「兩個人做比較快，也很開心。」

「妳說得對。」

我們兩人一起開始打掃。

「打掃的基礎是從上往下。」

我和露緹由上往下把灰塵擦下來。

「妳也很習慣打掃店鋪了啊。」

「因為我有幫忙哥哥很多次了。」

在藥草農園成形之前，露緹一直都有在冬季期間幫忙店裡的工作。

由於她那時有把藥商的工作記起來，所以我可以放心讓她一個人顧店，也可以像現在這樣一起增進清掃的效率。

把灰塵拍下來之後就是掃地了。

用掃把將垃圾掃進畚箕裡頭。

「我去提水。」

「那我去倒垃圾嘍。」

我們分工合作推進清掃作業。

最後用拖把濕拖一遍就結束了。

「變得亮晶晶了。」

「兩個人一起做就能很快解決，也比較仔細呢。」

結果到打烊時間前都沒有顧客來。

偶爾這樣子也不錯吧。

畢竟我能像這樣和露緹一起度過安穩的時光。

「我回來了——」

「嗨，我來吃飯嘍。」

莉特和達南回來了。

今天晚餐是四個人吃啊。

「那麼，今天就來做有點奢華的菜色吧。」

「咦，要做什麼菜！」

莉特開心似的這麼說。

「奶油煎骰子牛和干貝、番茄起司沙拉、奶油濃湯，再加上蘋果塔作為甜點。」

「哇，今天吃得好豐盛！可是現在才開始弄那些菜應該很累人吧？」

都還沒開始準備，現在才開始處理的話或許真有點累人。

「我也來幫忙，備料的話我也做得到。」

「嗯，我當然也會幫忙！我會用魔法先預熱烤箱的。」

「那麼，我就去採購不夠的材料吧。」

露緹、莉特、達南都說要幫我忙。

「大家都知道雷德喜歡為我們下廚，但我們偶爾也想扶持一下疲累的雷德喔。」

「謝謝你們，我很高興。」

我笑著答謝大家後，大家也笑了出來。

是啊，今天也是既開心又幸福的一天。

＊　＊　＊

隔天，佐爾丹冒險者公會——

「孩子從昨天就不知去向。」

亞爾貝一邊讀著左手拿著的委託書一邊深思。

「資訊本身不多，但沒有危險怪物存在的徵兆。不知道是在森林裡迷路，還是被哥布林帶走了……我想這應該是交給D級冒險者就能處理的委託。」

亞爾貝看著地圖，確認委託人所居住的村子資訊。

「河口那邊的農村啊，是為海邊漁村供給小麥等農作物的村子呢……問題是，這位置跟前陣子海懼妖群出現的地方沒有離很遠啊。」

雖說雷德一行人應該有將海懼妖全數打倒，但也不能斷定沒有漏網之魚。

如果對手是海懼妖，派遣半吊子的冒險者只會讓他們全軍覆沒。

「儘管如此，只有這點報酬的委託，也沒辦法找身手高強的冒險者過去。」

亞爾貝現在設想的是最慘的狀況。

目前村子還沒受到危害，委託人是一名父親。

報酬只有農村一般家庭能拿出的額度。

這樣能僱用的只有在D級當中比較低階的冒險者，或是沒有組隊的獨行冒險者。

「……只能由我親自出馬了啊。」

亞爾貝覺得自己直接過去解決是最安全的方式，並且立刻開始行動。

＊　＊　＊

亞爾貝的樣貌和以前很有英雄風格的姿態很不一樣。

現在他身上的鎧甲沒有多餘裝飾，重視實用性。

佩劍是沒有多加裝飾的一把名劍，同時也是失去右手並裝上義手的他能夠運用的單手劍。

他的義手乍看之下不像人工製造，作工十分精巧，優秀得甚至可以抓握物體，不過沒有辦法持劍揮斬。

與達南那種武術怪物不同，亞爾貝現在無法使出兩手健全時的那種劍術。

儘管如此，他和愛絲妲一同旅行、戰鬥而存活至今的經歷，也讓他的加護等級提高，維持著不輸以往的戰鬥能力。

「是一對食人魔啊。」

他在森林裡對峙的是兩隻食人魔。

其粗壯的手臂直接握住樹幹當成棍棒來使用。

「哼。」

亞爾貝以左手拔劍。

「這種貨色根本不必我出馬啊。」

「咕喔喔喔！」

亞爾貝單手持劍一口氣拉近距離後，食人魔便發出憤怒的咆哮，向眼前這不知天高地厚的小個子揮下棍棒。

這個小個子的頭蓋骨本該遭到擊碎，腦漿灑得到處都是而倒在地上，然而他卻再次提高速度，潛進食人魔戰鬥距離的內側。

「咕哦？」

另一隻食人魔急忙揮動棍棒。

「太慢了！」

亞爾貝身影消失，劃過半空的棍棒劇烈地打上食人魔同夥。

其中一隻的胸口受到食人魔的力量毆打而腳步不穩，另一隻則是因為毆打夥伴而內心動搖。

亞爾貝的劍就在這時揮動兩次。

「「咕喔喔喔喔！」」

戰鬥就這樣結束了。

食人魔們倒下斷氣，亞爾貝把劍上沾染的血擦掉。

「那麼，該去找小孩子了。」

亞爾貝收劍環顧四周。

氣息位於有點遠的地方。

亞爾貝維持隨時可以拔劍的心態，並且前往氣息的所在地。

隨著高亢的聲音，長著蝴蝶翅膀的小龍（Dragon）從草叢中飛向亞爾貝。

「吼——！」

「唔！」

亞爾貝反射性地把牠打到地上。

「啾嗚嗚嗚……」

「啊，不好意思，我太習慣了。」

亞爾貝急忙照護在地上眼冒金星的仙子龍。

「珂爾克露露！」

女孩子從草叢裡頭衝出來。

「我沒事……」

雖說腳步仍然不穩，但仙子龍以四條腿站起來了。

然後牠就像要守護那女孩子一般，以牠的小小身體擋在亞爾貝面前。

「不，等一下，我是受那孩子父母委託來找她的冒險者。」

「媽媽她……！」

亞爾貝急忙說明。

「可是現在的森林很危險！」

仙子龍圓滾滾的眼睛動來動去觀察周遭。

那可愛的小動作讓亞爾貝不禁輕笑。

「沒事的，食人魔已經被我打倒了。」

「打倒了！」

仙子龍一躍而上，飛在空中繞圈圈。

亞爾貝由於事態沒有落入他擔憂的狀況而安心下來。

「看見有食人魔在森林裡的蹤跡時我可是很著急，妳沒事真是太好了。」

食人魔並不是海懼妖那種強大怪物。

就算不靠亞爾貝出馬，靠身手不錯的D級冒險者隊伍應該也能妥善應付。

可是食人魔和海懼妖不一樣，並不會等一陣子才吃掉孩童。

如果在食人魔出現的森林裡有人行蹤不明，大多是已經死亡的人。

「是你幫了她吧。」

亞爾貝看著仙子龍並這麼說。

明明有食人魔在，尚未觸及加護的年幼女孩卻能平安無事，想必是這隻小小的仙子龍讓女孩子躲過食人魔。

仙子龍儘管嬌小仍是一種仙靈，能夠使用幻術。幻術對於頭腦不好的食人魔十分有效，就算是這個力量不怎麼強大的仙靈，一定也能守護那女孩。

……可是受到食人魔襲擊的話，這小小的仙靈八成會被輕易殺掉。亞爾貝覺得這小小的仙子龍的勇氣十分耀眼。

「對啊！是珂爾克露露幫了我喔！」

女孩子大聲地這麼說道。

仙子龍急忙飛至少女嘴邊堵住她的嘴。

「噓——噓——！」

看見那副模樣，亞爾貝便笑了出來。

「已經沒有食人魔了，大聲講也沒關係的。」

「不對！」

然而仙子龍拚命搖頭。

「森林裡還有可怕的東西！大家都很害怕！」

「什麼？」

仙子龍的態度讓亞爾貝感覺到一股異常。

他全身上下冒出冷汗。

身為冒險者的直覺，讓他直接感受到自己已經陷入死地。

「在這裡。」

有聲音傳來了。

強大的壓迫感自亞爾貝背後襲來。

亞爾貝把手放到劍柄上，慢慢地轉過身去。

「……勇者大人。」

在那裡的是「勇者」梵，以及仙靈菈本妲。

「亞爾貝，你救了小孩啊。」

梵的表情是開朗的笑容。

可是他的嗓音充滿了會讓聽者恐懼的殺氣。

（怎麼會？這就是「勇者」梵？為什麼會有彷彿受到龍瞪視一般的惡寒？）

亞爾貝先前有和愛絲妲一同乘上魔王船。

儘管他本來就覺得梵是個殘暴的勇者，但他本來沒有「只是對峙都很令人害怕」的想法。

這簡直像是……

（如同第一次見到露緹小姐那般……這壓迫感就跟吞噬惡魔加護前的「勇者」露緹小姐一樣。）

以前與契約惡魔同行的亞爾貝，曾經窺見「勇者」露緹的樣貌。

露緹隔天就利用飛空艇拋下蒂奧德萊等人，亞爾貝則是作為搜尋露緹的魔法觸媒，和艾瑞斯以及蒂奧德萊一同追尋露緹，不過露緹那一天的模樣至今仍深深烙印在亞爾貝的腦海當中。

能夠輕易斬殺自己的存在就位於眼前的恐懼感。

如果「勇者」打算殺死自己，自己想必無法做出任何抵抗，只能乖乖地被殺掉。

侵襲亞爾貝的，是無法為自己的生命決定任何事情的恐懼感。

「亞爾貝，孩子有受傷嗎？」

「……沒有。」

亞爾貝晚了一瞬間才回答。

察覺到恐懼使他的思考變得遲鈍。

亞爾貝從心裡拚命找出勇氣，留意要自己別放棄思考。

「那真是太好了。」

「是，接下來只要把孩子送回村裡就可以了。」

亞爾貝在心中細語：「這樣子應該就結束了。」

就算勇者大人比平時還要可怕，也不需要多做無謂的戰鬥。

本應是這樣的。

「我接下來要帶這個孩子去村子裡，勇者大人要怎麼辦呢？」

對於亞爾貝的問題，梵好像有點心不在焉……卻仍然散發強烈殺氣並如此回答：

「在那之前，得先把造成這種狀況的邪惡源頭殺掉。」

「對對對，梵是來解決邪惡的。」

「您是說源頭……？」

心中湧起的不安化為汗水，從亞爾貝臉頰上流下來。

亞爾貝內心一隅想著「這真是令人討厭的汗水啊」。

「就是那邊那個仙靈，把孩子帶到森林裡頭的就是牠吧。」

梵一派自然地用劍指向前方，劍尖指著的是那隻仙子龍。

「對不起、對不起……」

仙子龍看似悲傷地低頭道歉。

「等一下，是我不好，請你不要罵珂爾克露露！」

女孩子袒護仙子龍。

雖說這景象令人會心一笑，但亞爾貝十分理解現在的情況很緊迫。

這可不是那種責罵一下就能收尾的小事。梵打算殺死那隻仙子龍。

「您說得是，我想應該是那隻仙子龍把女孩找到森林裡頭來的。可是，仙子龍只是想和女孩一同嬉戲，應該沒有要危害她才對。證據就是，那隻仙子龍採取的行動是不惜犧牲性命也要保護這女孩不受危險的食人魔傷害。」

亞爾貝壓抑恐懼，對梵說明。

為什麼這個女孩會跑到危險的森林裡頭來？

食人魔沒辦法做出引誘女孩子到森林裡頭這種機靈的行為。

帶女孩出來的想必是這隻仙子龍。這點亞爾貝也心知肚明。

仙靈帶小孩子出去玩這種事情是偶爾會聽說的騷動。

在修道院受過高階教育的梵，理所當然地會知道有那樣的紀錄。

然而——

「牠讓孩子陷入危險狀況是無庸置疑的事實，邪惡就該遭受毀滅。」

梵如此放話後持劍擺起架勢。

（這到底是怎樣……）

亞爾貝儘管受到想要逃離現場的情感侵襲，還是觀察著梵的態勢。

那並不是以前那個以信仰為中心的「勇者」，不是盲信教義且保有無法動搖的強大力量的梵。

現在的梵搖擺不定，並不穩定。

這帶來的是另一種恐懼。

這次是人類最強加護「勇者」訴諸感情而恣意妄為，令人難以承受的恐懼。

「勇、勇者大人，請您冷靜下來！仙子龍並非仇視人類的邪惡怪物。牠和菈本妲同樣是仙靈，是很友善的種族！」

「什麼鬼啊，你是拿我當藉口來求饒嗎？」

亞爾貝對菈本妲投以懇求般的視線，但菈本妲只是覺得很有趣似的笑著，沒有打算

仲裁。

她看來並不想幫助同為仙靈的仙子龍。

「亞爾貝，我會再等十秒，你快讓開，待在那裡的話會被波及的。」

梵以沒有抑揚頓挫的嗓音這麼說道。

亞爾貝理解沒有交涉餘地。

他聽見自己的牙齒因為恐懼而磨出聲響。

然後，亞爾貝喊叫道：

「快逃！這裡由我擋下！」

「不可能的！人類先生你會死的！」

「別管了，快逃啊啊啊！」

聽見亞爾貝拚命大喊，仙子龍使出全力脫逃。

「真是搞不懂耶，你明明怕到連劍都沒有拔出來。」

梵看著亞爾貝並這麼說道。

亞爾貝對於連戰鬥準備都沒有做好的自己感到驚愕，同時慢慢地拔出劍來。

「勇者大人，請您將那把劍收起來……那個仙靈只是想跟孩子嬉戲而已。」

「就算沒有惡意，邪惡也不該被容許喔。」

亞爾貝拚命思考。

雖然說要擋下來，可是面對勇者有辦法爭取到時間嗎？

沒有辦法。

亞爾貝現在的狀況是，就算使出他這輩子的全部功力，也未必能接下梵的一劍。

根本就不足以幫仙子龍爭取逃脫的時間。

「勇者大人，能不能至少等到劉布猊下和愛絲妲小姐過來？聽取夥伴們的意見後再決定應該也不遲啊。」

剩下的手段只有靠對話爭取時間了。

「那個仙靈和亞爾貝認識嗎？」

然而，梵並沒有回答亞爾貝的話語。

有什麼地方不太對勁，梵正產生著巨大的變化。

可是對亞爾貝而言，除了以對話拖延時間以外沒有別的手段。

「不，我們是第一次在這裡相會。」

別停止交談，應該還有什麼能說的才對。

「村裡有關於仙靈的傳言，可是我以前覺得佐爾丹這裡沒有仙靈，所以像這樣子直接目睹之前，我都還是半信半疑。仙靈好像厭惡『世界盡頭之壁』的樣子。」

「…………」

亞爾貝拚命說明，但梵沒有展現出半點興趣。

「亞爾貝，你是不是有什麼潛能，其實有自信打倒我呢？」

兩人之間說的話接不起來。

可是不能就這樣停止交談。

「……沒有，我並不是像各位那樣的英雄。」

「可是你的加護是『冠軍』。」

「我跟加護並不怎麼相稱……沒有辦法成為英雄。」

「那你為什麼打算在這時赴死？」

差不多到最後關頭了。

亞爾貝心中湧起對死亡的恐懼，因而產生嘔吐感。

「哈、哈哈……說得也是呢。我現在怕得想要吐出來了。」

「我想也是，讓你站在這裡的並不是加護。想必也不是你跟那個仙靈之間的友情，你應該不是感受不到恐懼，也不是想要自殺的樣子。到底為什麼要這樣？」

為什麼呢？

亞爾貝對自己的內心發問。

而他早就有答案了。

「……因為我是勇者的夥伴。」

「什麼意思？」

「我就算不是英雄也是勇者的夥伴，沒辦法坐視無罪的性命受到剝奪。要是我在這裡逃跑，就不夠格當勇者的夥伴了……現在能夠戰鬥的就只有我而已，所以我必須要在這裡奮戰才行。」

聽見亞爾貝這番話，梵第一次扭曲了表情。

「這種心情是怎麼回事，我自己也不太清楚啊。」

梵視線低垂，握著劍的手也在發抖。

「我不清楚，但我心裡的念頭好像想要把你殺掉。」

梵看向亞爾貝。

他並不是看著「冠軍」這種加護，而是看著叫做亞爾貝的人類，將他視為敵人，為了把他殺掉而展開行動。

「武技：聖刃（Holy Blade）！」

他揮下來的一擊蘊含可怕的威力，卻是筆直的單調一擊。

「武技：甲防一太刀！」

那是採取防禦接下對手的劍，再以身體衝撞將對手轟飛的武技。

亞爾貝的劍雖然樸素，但也是愛絲妲所選的名劍。

就連巨人的一擊也能擋下。

那把劍被勇者的武技擊碎。

「唔！」

亞爾貝感受到側腹的強烈痛楚。

雖然有採取防禦而避開了要害，但那是劍刃觸及內臟的致命傷。

這不會讓人立即死亡。雖說不借用魔法力量處理的話，終究會因為大量出血而死，可是他目前還活著。

「唔喔喔喔喔！」

亞爾貝全力吼叫，衝撞梵的身體。

亞爾貝知道他的力量根本推不動梵。

所以梵也乾脆不閃躲。

「什……！」

梵不禁叫出聲音。

因為亞爾貝下一步的行動出乎他的意料。

亞爾貝只是纏住梵的身體而已。

他並不是在擒拿對手之後攻其下盤，也沒有要廢掉對手關節以封鎖其動作。亞爾貝只是將自己的雙手在梵背後緊緊扣住，一臉拚命地纏著梵不放。

「你想做什麼！」

「這樣子的話，勇者大人就沒辦法追上那隻仙子龍！」

「唔！」

梵想要把亞爾貝扯開，便使勁拉起他的身體。

「唔唔唔唔唔！」

「你這傢伙！」

靠梵的力量也沒辦法讓亞爾貝的身體離開。

亞爾貝不只運用雙手，還咬住了梵鎧甲的邊緣，儘管嘴裡流出紅色血液，還是用全身抵抗「勇者」的力量。

「為什麼要做到這種地步……」

答案剛才已經聽過了。

因為亞爾貝是勇者的夥伴。

梵高舉他的劍。

「唔咕唔唔！」

亞爾貝的的口中不禁發出叫聲。

梵的聖劍深深地插進亞爾貝的背部。

「滾開。」

就算這樣，亞爾貝還是不放開。

「滾開、滾開、滾開、滾開、滾開、滾開、滾開、滾開、滾開、滾開、滾開、滾開、滾開、滾開、滾開、滾開、滾開、滾開、滾開、滾開、滾開、滾開、滾開、滾開、滾開、滾開、滾開、滾開、滾開、滾開、滾開、滾開、滾開、滾開、滾開。」

連續好幾次，梵接連不斷地、不停地把劍插下去。

灼熱的痛楚與死亡的冰冷讓亞爾貝意識模糊。

可是他緊緊擒住梵的雙手沒有放開。

勇者和自己有著絕對性的實力差距，若要阻止勇者便只有這個辦法。

（只要我這雙手沒放開……我就還能戰鬥。）

亞爾貝是勇者的夥伴。

所以他能戰鬥。

「我可是『勇者』啊！明明是這樣，你為什麼要為區區一隻仙靈這麼做！」

亞爾貝想要回答，但他已經連講話的力氣都沒有了。

（我所說的勇者並不是指現在的你。）

亞爾貝忍耐痛楚的同時在心中這麼想。

（愛絲妲小姐所找尋、想要引導的勇者，總有一天會出現的真正勇者……既然愛絲妲小姐是勇者的夥伴，在她身邊的我也得是夠格當勇者夥伴的男人才行吧？）

這份心情已經無法傳遞出去，但應該可以貫徹到最後。

亞爾貝為了盡量多爭取一秒的時間，持續向死亡抵抗。

「該死！」

梵出生到現在，嘴裡第一次冒出罵人的話。

對於能夠將各種不合理，都當成神的旨意接受的梵而言，這就是他的落敗。

這樣的事實讓梵的內心更加混亂。

「梵！」

菈本妲叫喊著，但梵的意識只有放在亞爾貝身上。

所以理所當然地……

「啊……」

愛絲妲的長槍貫穿了梵的脖子。

「你這場仗打得很漂亮。」

愛絲妲抱起亞爾貝的身體，如此低語。

亞爾貝的雙手放鬆力氣，愛絲妲就這樣抱著亞爾貝，拉開與梵之間的距離。

愛絲妲溫柔地讓亞爾貝躺在地上後，就集中她所有的魔力來結印。

「再生(Regenerate)。」

那是和「治癒之手」同性質的上級法術魔法。

一般治癒魔法無法遍及的致命傷逐漸被堵住。

「亞爾貝，能夠邂逅你這樣的人，令我打從心底感到光榮。」

愛絲妲進一步結印，召喚出精靈龍(Spirit Drake)。

「咕嚕嚕嚕。」

精靈龍靈巧地用牙齒銜起亞爾貝和站著不動的女孩子，讓他們乘到牠的背上。

「小妹妹。」

愛絲妲對那名被眼前的景象嚇得停止思考，連逃跑都沒辦法做到而在原地哭泣的女孩發聲。

「妳可不可以幫我顧一下他？他是我很珍視的人。」

「……嗯。」

女孩邊哭邊點頭。

因為她理解到，眼前這位應該非常強大的成年女性，正在拜託還是孩子的她。

雖說淚水與嗚咽都沒有停下，那個女孩還是覺得自己必須遵循她的囑咐。

「謝謝妳，交給妳嘍。」

精靈龍飛走了。

同一時刻，用「治癒之手」堵住傷口的梵也站了起來。

「愛絲妲小姐。」

剛站起來的梵茫茫然的。

「是因為仙靈把小孩子帶到森林裡來，我才會打算殺掉那個仙靈。」

「梵。」

愛絲妲的長槍逼近梵的眼前。

「唔！」

鏗——！

劍刃擦出聲響，火花四散。

「愛絲妲……小姐。」

「梵，你以為我很冷靜嗎？」

愛絲妲的一擊帶有殺意。

這個事實又讓梵受到衝擊。

「我可是氣炸了喔。」

愛絲妲熟練的槍術沒有任何保留，她使出全力，為了殺死梵而準確地發揮渾身解數。

「愛絲妲小姐！」

愛絲妲行事的方向與劉布樞機卿不同，可是單就把梵培育為勇者這點來看，她是真心想要協助梵……梵心裡也尊敬著愛絲妲。

那樣的愛絲妲變成了敵人。

梵事到如今才回想起來，自己沒有任何一次聽從愛絲妲的話語。

他的心中第一次出現某種沉重的東西。

「不安？身為『勇者』的我會不安？」

——我是不是做錯了什麼？

梵不禁有了這樣的想法。

不該迷惘的「勇者」不禁迷惘了。

「梵！你怎麼了！」

與「勇者」平常的戰法不同，態度消極的劍。

原本仰賴「治癒之手」而不怕自己受傷的梵，已經由於迷惘而畏怯得不復存在。

「看來你狀況不好啊，但我可不會放過你。」

愛絲妲也知道要是在這裡把梵殺掉，就會引發很大的問題。

儘管她心裡了解，卻無法止住殺意。

這麼強烈的感情對愛絲妲而言也是第一次的經驗。

不過，儘管情感狂野且不受控，長槍的技法仍然發揮得淋漓盡致。

冷靜地、純粹地，為了殺死對手而揮動長槍。

「勇者」屈服於現在的愛絲妲之下。

（我明明自認是「勇者」的夥伴，結果事與願違，似乎命中注定成為「勇者」的敵人啊。）

旋轉過的長槍尖端由下往上揮，斬開了梵的身體。

「咕啊！」

鮮血飛散的梵腳步不穩地往後退。

「結束了。」

愛絲妲的長槍瞄準梵的心臟。

「給我離開梵！」

隨著菈本姐的叫喊，閃電向愛絲妲傾注而下。

「哦。」

愛絲妲把長槍插在地面上並且結起防禦之印。

閃電打完之後，愛絲妲毫髮無傷地站著。

「居然用長槍當避雷針分散閃電！明明氣壞了卻很囂張嘛！」

「說這種話的妳又怎樣呢，妳不是在梵面前不會使出真本事嗎？」

「囉嗦！我老早就很討厭妳了！」

「要用魔法比拼嗎？也好。」

愛絲妲正在維持精靈龍的存在，因而無法使出召喚魔法。

可是精神狀態對魔法會有很大的影響。愛絲妲確信自己現在的精神狀態可以使出「賢者」艾瑞斯那種層級的攻擊魔法。

「乾涸腐朽吧！毀滅之風（Haboob）！」

「神聖的光輝啊，汝之名為死亡，將成為討伐我的敵人，所無從閃避的刀刃！神聖之死（The Death）！」

菈本姐發動撕開肉體的沙暴魔法，愛絲妲則是發動強力的死亡魔法。

紅色沙塵與白色死亡相撞，向四周散布破壞。

兩者皆是平常不會用到的破壞與死亡的魔法。

而且愛絲妲維持魔法的同時，還以右手擺出持槍的架勢。

菈本妲也在使用與魔法不同的招數，她打算發揮自己原本的力量，而將精靈呼喚過來。

「我到底……想怎麼做？我體內的『勇者』啊，告訴我吧。」

看見那幅情景的梵開始自問自答。

打倒愛絲妲。守護菈本妲。阻止這場戰鬥。把兩邊都殺掉。

梵體內的「勇者」藉由「只要戰鬥就好」的衝動告訴梵這些答案。

戰鬥？為了什麼？為了誰？

這裡沒有任何人事物需要「勇者」。

可是「勇者」非得戰鬥才行。

必須戰鬥、讓加護成長、對抗更強大的邪惡。然後死去。

看著愛絲妲和菈本妲的戰鬥……使得梵發覺了──

「我知道了。」

梵持劍站起身來。

「我知道了，我是……在生氣啊。」

梵也不曉得原因，不過自從在海邊對抗海懼妖的那一天開始——

他就一直在生氣。

既然自己察覺到了，接下來只要爆發出來就好。

「唔啊啊啊啊啊啊啊啊！」

發出大吼的梵衝向愛絲妲。

「來了嗎！」

愛絲妲用右手的長槍撇開梵的劍。

「菈本妲！配合我！」

「梵？我知道了！」

梵以前也有和夥伴聯手出擊過。

可是梵在這時才第一次和夥伴相互配合地應戰。

他抓準菈本妲以魔法製造出來的空檔加以進攻，或者在菈本妲準備發動魔法時予以援助。

梵在這場戰鬥中有了大幅度的成長。

「這就是『勇者』嗎……不過那又如何！」

愛絲妲絲毫不退讓，撐過了兩人的聯手攻擊。

「別以為急就章的合作對我會管用！」

兩方都互不退讓的戰鬥持續著。

樹木被劈倒，森林裡的動物和怪物們逃竄。

大陸最強大的力量劇烈衝撞，佐爾丹的大地發出慘叫。

就在這時——

「到此為止了。」

水之壁面擋在兩方之間。

水流重擊大地的聲響使得三人退向後方，防止自己被捲進突如其來的攻勢。

「溫蒂妮……！」

菈本妲瞪向空中大喊。

在她的視線前方，肌膚清透如水的女性……水之大仙子溫蒂妮正俯視三人。

「冷靜點了嗎？」

溫蒂妮如此訴說。

梵和菈本妲雖然瞪向溫蒂妮……

「嗯，我鎮定下來了。」

愛絲妲呼出一口氣，垂下長槍。

「愛絲妲小姐！」

梵對愛絲妲放棄戰鬥的舉動發出責備的話語。

還想繼續戰鬥——梵心裡是這麼想的。

「不，戰鬥已經結束了……你們好好看看。」

愛絲妲垂頭喪氣地這麼說。

看向周遭，便會發覺只剩下破壞得慘不忍睹的森林。

「我身為此地生者的代表，不允許你們在這裡戰鬥。」

溫蒂妮如此放話。

「哈！不過是個水之大仙子，有什麼本事擋在我面前啊！」

菈本妲飛向上空，與溫蒂妮互相對峙。

「就因為溫蒂妮是始原眷屬？竟敢這麼囂張！」

「說起來妳可是破滅真祖，態度囂張應該也是理所當然的呢。可是妳這種貨色居然想把自己偽裝成那種可愛的樣貌，這可真是饒富趣味呢。」

「妳這傢伙……！」

「哎呀，糟蹋了可愛的臉蛋。妳就那麼怕憐愛的梵知道妳的本性？」

「我要殺了妳！」

就在菈本妲打算發動魔法的一瞬間——

「咦？」

菈本妲的身體被標槍(Javelin)貫穿了。

「嘎、啊……！」

「菈本妲！」

梵接住墜落的菈本妲。

「不過如此……」

「是啊，只是身體被擊碎，妳不會死去吧。可是，那樣的話妳就沒辦法維持可愛的容貌了。」

「……！」

菈本妲兩眼充血，打算再次使出魔法……

「嘎！」

包覆菈本妲他們的風之結界遭到穿透，再次飛來的標槍將菈本妲連著梵的手心一同貫穿。

「這是……那傢伙嗎？」

梵直覺地猜到了。

這就是那個時候，讓梵落敗的那名少女所造成的。

梵受到了天啟，得知打倒那人便是身為「勇者」的自己的職務。

感受不到氣息……想必對方隱藏氣息的能力也很高強。

不過從標槍的方向來看，可以知道對方就在這視線的前方。

想要戰鬥……！

「梵……！」

在梵的手心當中，倒在梵與自己的血液裡頭的菈本妲痛苦似的喘氣。梵的視線垂向菈本妲，感受著她的體溫，然後緩緩地開了口：

「我知道了，現在就先退開。」

梵收劍並這麼說。

# 第五章 勇者的挑戰

黃昏，仙靈聚落——

亞爾貝在仙靈的床上上安穩地睡著。

「嗯，身體的傷勢都痊癒了。愛絲妲的魔法確實有遍及傷口深處喔。」

我診察過亞爾貝身體，對看似擔憂的愛絲妲這麼說道。

「雷德，可是他為什麼沒有醒過來啊？」

「接下來就是氣力的問題了。亞爾貝跟梵的戰鬥很壯烈吧？他可是把氣力絞盡得超過極限了，還需要一點時間休息。」

「這樣啊，沒事就好。」

愛絲妲安心地呼出一口氣。

「也真虧露緹妳能發覺。」

「嗯。」

這次梵的行動相當突然。

沒有任何前兆，梵與菈本姐就一起開始行動。

監視梵行動的亞蘭朵菈菈，也因為梵並沒有要找我們或者去露緹那裡的跡象，就只是加以戒備，沒有實際去應對。

就算知道梵去了城外，也只有向愛絲妲報告而已。在那一刻並沒有看出梵的狀態不正常。

然後愛絲妲追在梵的後頭，就引起了那場戰鬥。

只有露緹一個人好像有感受到梵的行動有什麼不對勁，於是她獨自跟蹤梵，與保護了仙子龍珂爾克露露的溫蒂妮會合，以援助溫蒂妮的形式成功逼梵撤退。

後來，溫蒂妮與露緹在仙靈聚落保護亞爾貝，愛絲妲先回佐爾丹向我們說明狀況，然後我、莉特、媞瑟、達南、亞蘭朵菈菈等全都移動到了這個仙靈聚落。

在這間房裡的只有我、露緹、愛絲妲、亞爾貝，其他同伴都在聚落周圍幫忙戒備。

「沒有任何鐵證，只是直覺。」

露緹會獨自行動，或許是因為有什麼只有「勇者」感受得到的特性，而她下意識以直覺的形式感受到了吧。

「露緹的行動是正確的啊。」

「是啊，我也覺得要是沒有露緹在的話，不知道事情會變得怎樣。」

這房間的主人——溫蒂妮這麼說並笑了出來。

「因為我只能在不露面、不使出『勇者』魔法的狀態下攻擊，有溫蒂妮在幫了很大的忙。」

「呵呵，這就是我們的聯手出擊了呢。」

溫蒂妮開心似的一下握起露緹的手，一下又撫摸她的手。

露緹則是露出有點厭煩的表情。

「那個……」

「嗯？」

有聲音傳來。

小龍的臉往房裡窺探。

「珂爾克露露。」

「冒險者先生要不要緊？」

「那個戴面具的大姊姊有治療他所以沒事，他只是累了在睡覺而已喔。」

為了讓看似擔憂的珂爾克露露打起精神，我開朗地回答。

「珂爾克露露，來到你的英雄身邊吧。」

溫蒂妮揮手呼喚後，珂爾克露露便拍動蝴蝶翅膀，降落到亞爾貝的枕邊。

「謝謝你，冒險者先生，謝謝你。」

珂爾克露露的頭靠在亞爾貝臉頰上，不停向他道謝。

這個小小性命能得到拯救，無庸置疑是亞爾貝的功績。

「我早就知道亞爾貝是一名英雄了。」

亞爾貝還是佐爾丹B級冒險者的時候，我就知道他具有成為英雄所需的資質。

他的資質以這樣的方式開花結果，令我覺得高興。

「沒錯，亞爾貝是英雄……可是我……」

「愛絲妲？」

愛絲妲小聲地如此低語之後，就腳步不穩地走出了房間。

……跟著她出去稍微聊一聊吧。

＊　＊　＊

「愛絲妲。」

愛絲妲在隔壁房間望著窗外。

以水膜成形的窗戶外側，仙靈們正在莉特四周繞圈圈飛行嬉戲。

仔細一看，飛來飛去的仙子龍背上乘著憂憂先生。

憂憂先生把小樹枝當成長矛舉起，還戴著胡桃殼當作頭盔，擺出帥氣俐落的神色……看起來就像傳說中的仙靈騎士。

「呵呵，真是有趣的蜘蛛。以前的我也沒有好好地把憂憂先生看進眼裡。」

愛絲妲微笑著這麼說道：

「以前看不見的事物，我現在看得十分清晰。」

「這是件好事吧。」

「……我也這樣覺得。可是我今天，出生至今第一次憤怒得什麼都不顧。」

愛絲妲痛苦似的繼續說下去：

「我也有想過亞爾貝可能會跟梵打起來。治療亞爾貝、叱責梵，然後踏上歸途。我本來打算採取那種行動……可是我看見傷勢嚴重得超乎我預料的亞爾貝……看見差點就要死去的他，我就……」

「沒辦法阻止自己嗎？」

「我變得很害怕。」

愛絲妲移動至窗外看不見她的位置，拿掉遮住臉的面具。

她的眼睛有流過淚水的痕跡。

「我很害怕會失去亞爾貝，現在也是光用想的就好像胸口要撕裂了一樣。這可是以前為了讓露緹繼續當『勇者』，甚至打算要殺掉你的我啊……那種變化比什麼都還要可怕。」

「很可怕嗎？」

「是啊，害怕自己是否總有一天又會犯錯，這次也犯了無可挽回的過錯……」

「那妳有辦法忘記妳對亞爾貝的情感嗎？」

我這句話讓愛絲妲肩頭顫抖。

「……如果是雷德，你會怎樣？」

「如果是我，會覺得『怎麼可能忘記對莉特的情感』……嗯，這是理所當然。」

我笑了出來。

「不可能會忘記，這份情感比什麼都還要有價值。就算會思考該怎麼面對這份情感，也不可能有辦法忘記。」

「這樣啊……說得也是。」

沒有迷惘的回答。

愛絲妲的臉頰放鬆，綻放出笑容。

「我也不太可能忘記。」

「這樣很好啊！這份情感跟加護沒有半點關係，一定是從我們內心所湧出的感情才對。」

「跟加護無關的感情啊……呵呵，都是因為跟雷德你們相遇，害我完全變成一個不良聖職人員了。」

「劉布樞機卿不是也很好女色嗎？」

「別把我跟那傢伙相提並論！」

我們高聲笑了出來。

「……話說回來。」

我忽然想到一件事而這麼說。

「嗯，怎麼了，雷德？」

「我們兩個的初戀都來得很晚啊。」

「……還以為你想說什麼呢……你說得太對了。」

「什麼什麼？有什麼有趣的事情嗎？」

外頭的仙靈們對還在笑的我們倆感到了好奇，因為想知道發生了什麼事，而集合到窗邊。

乘在仙子龍背上的憂憂先生，看著仍然在笑的愛絲妲而開心似的跳了起來。

、

＊　＊　＊

佐爾丹中央區的旅店——

劉布焦躁地在房間裡頭沒意義地徘徊。

「到底是怎麼一回事？我的勇者到底變成什麼德行了？」

聽說梵襲擊亞爾貝、落入與愛絲妲戰鬥的狀況，就連劉布都訝異地說不出話。

等待「勇者」成長，與教會的戰力一同以萬全態勢對抗魔王軍並取得勝利——

劉布真正的目的在於打倒魔王之後。

坐上教父之位，並成為教會裡手中權力最大的人，同時也是這片大陸上所有生者的頂點。

教父是由樞機卿們實施選舉來決定。後盾單薄的劉布就現況來看無望成為教父，但他如果加入打倒魔王的勇者隊伍，情勢便會不同。

屆時想必無人能夠阻止劉布成為神的代理人。

……是在什麼時候做錯了？

「可是現在還有辦法修正。」

就算落入必須捨棄愛絲妲的最慘狀況，只要還有「勇者」就能扳回劣勢。

「對了，不如讓那個達南跟吉迪恩加入我的隊伍？雖然他們現在都是沒能陪同『勇者』征戰的廢柴，目前先當夥伴應該也很夠了。」

劉布對於自己的靈機一動感到滿足。

這時劉布房間的門響起了敲門聲。

「劉布先生。」

「是梵啊，怎麼了？」

「我有事想要通知你。」

「通知？」

劉布心中產生「不知道還會發生什麼事情」的不安，並且把門打開。

門外的是準備好踏上旅途的梵和菈本妲。

「梵少年，你這身行頭到底……」

「劉布先生，我決定要離開佐爾丹了。」

「哦，哦哦！你終於理解了嗎！」

劉布笑著點頭。

「真是賢明的判斷，需要多少能夠提高加護等級的敵人，我都可以幫你找到。失去愛絲妲雖然遺憾，但我對替代人選已經有頭緒了，我來處理就好。」

劉布心情很好地這麼說。

不過梵對劉布所說的話沒有反應，只是自顧自地繼續說：

「我接下來要去溫蒂妮的住所。」

「什麼？」

「我會在那裡殺掉所有的仙靈。愛絲妲小姐和吉迪恩先生也在那裡，所以也要全部殺光。」

「梵……你到底在說什麼……」

「這樣的話古代妖精遺產一定也會出現，我要把她殺掉。如果沒有出現的話，我就把佐爾丹破壞到她出現為止。殺了古代妖精遺產之後，我就會離開佐爾丹。」

「梵少年，你冷靜點！你可是『勇者』啊！」

劉布急忙闡述「勇者」之道。

可是梵給予劉布的答案是——

「啊……」

劉布感覺到腹部發熱。

視線向下移之後，他便看見自己染紅了的衣服。

「啊，梵……為什麼……」

劉布身體搖曳，撞出巨大聲響並倒在地上。

梵的手上握著劉布給予他的聖劍仿製品。

其劍刃上頭不停滴落劉布紅色的血液，啪噠、啪噠地滴在地上。

「劉布先生，我已經感受不到『勇者』的衝動了。加護沒有在教導我身為一名『勇者』到底該怎麼做了。」

倒在血泊當中的劉布擠出最後的力氣，看了梵的面容。

他的表情十分空洞。

劉布不禁理解到，他早就錯過了還能修正的時機。

「所以我要實行『勇者』最後期望的事物……殺死那名少女……還有殺死阻撓我的一切邪惡。」

劉布已經無法回答了。

梵一直盯著劉布愈來愈大灘的血液。

菈本妲悄悄地貼到梵的臉頰上。

「梵……我一直都是站在梵這邊的喔。」

照這樣繼續下去的話，梵這個人會陷入毀滅。

儘管如此，菈本妲還是決定要肯定梵。

因為菈本妲相信這就是戀愛。

＊　＊　＊

一小時後，仙靈聚落——

除了仍在睡覺的亞爾貝，所有人集合在一起商討今後的事。

「梵會過來。」

聽我這麼一說，所有人都一臉嚴肅地點了頭。

「這裡有展開溫蒂妮的結界，但梵和菈本妲想必能夠突破。」

「是啊，菈本妲是比我高階的仙靈喔。」

「比水之大仙子更高階的仙靈……」

溫蒂妮司掌構成世界的四大屬性之一的水。

若以加護等級比較，應該仍有比溫蒂妮還要強大的人物，可是若要說到有哪些仙靈會比溫蒂妮還要高階，能夠想到的只有一小部分。

「我說啊，溫蒂妮小姐。」

「怎麼了？」

莉特舉起手對溫蒂妮發問：

「菈本妲的真面目說穿了是什麼來頭？」

經莉特這麼一問，溫蒂妮擺出有些許煩惱的肢體動作。

「我想說那孩子沉默不語，由我說出真面目好像也不太好，可是現在不是顧慮這個的時候吧……嗯，我就回答妳吧。」

菈本妲的真面目……我和莉特不由得探出身子。

「她的真面目，就是災害。」

「災害？」

「菈本妲真正的名字是災害大仙子（Arch Fay）計都。絕大多數的仙靈都是自然的一部分，具有養育動植物生命的性質。可是菈本妲是屬於純粹的破壞和力量的存在。」

災害大仙子計都？

這種仙靈連我也沒聽過。

「災害大仙子計都在這顆星球誕生的時候，就作為災難在這世上大肆作亂了喔。可是後來建立高度文明的龍與古代妖精殲滅了計都，現在就只剩下她一個了。在木妖精的時代，她就已經在叢林深處安靜地生活著，也沒有再對任何人展現那種力量。」

「所以才會連王都的圖書館都沒有任何紀錄啊。」

那已經連傳說都不是，是神話級的存在了。

傳說勇者與神話仙靈。

「真的假的，原來她是那麼有趣的傢伙喲？」

達南十分雀躍地說出這種話。

這可是讓我愈來愈憂鬱欸。

「……這事就先放到一邊。」

媞瑟看向我而開了口：

「考量到梵與菈本妲會襲擊過來……我們該怎麼做？」

「……這次是與梵第三次交涉，也就是決戰。」

「你還說交涉……梵先生可是要來殺掉溫蒂妮小姐跟各位喔！我覺得根本沒有交涉的餘地！」

「的確是這樣，會演變成戰鬥……」

這時我看向達南和愛絲妲。

我想起跟他們相遇時的狀況。

「無論是達南還是愛絲妲，成為夥伴前都跟我打過一場啊。」

兩人吃了一驚，然後或許是想起過往的戰鬥就笑了出來。

「莉特也跟露緹在競技場打過呢。」

「是有這回事啦，但我單方面地輸掉就是了……」

跟達南對上是在格鬥大賽。

為了找出潛伏在城鎮裡的惡魔，我便參加大賽，也讓露緹她們在那段期間調查領主的城堡以及城鎮的重要據點。

那時的決賽對手是達南，而決賽後和達南一同對抗惡魔，就是我們倆成為夥伴的契機。

和愛絲妲則是在萊斯特沃爾大聖砦相遇。

將勇者露緹視作威脅的魔王軍操控教會的樞機卿，嫁禍露緹為詐稱勇者的異端分子，打算處以死刑。

身為教會的聖堂騎士，負責指導的愛絲妲當時站在教會那邊，擋在我們的面前。

可是透過戰鬥，愛絲妲確信露緹正是「勇者」，於是不去理會教會的命令，並來協助我們。

「……聽了你們之間這麼豐富的過往，我總覺得，當初我只是想給露緹的隊伍一點顏色瞧瞧就跑去競技場打架，那樣子還滿像個小角色的。」

「不是像小角色，是真的就是個小角色。」

「嗚啊——」

露緹不留情地指出這點，讓莉特受到傷害而趴倒下去。

「嗚嗚，太狠了啦。」

「這是回應妳那天對我說的有的沒的。」

「妳這樣講的話我就無話可說了。」

莉特和露緹一起笑了出來。

當時對打過的她們倆現在也成了可以像這樣隨意交談、一同歡笑的關係。

「難不成，你想說梵也是打過一仗之後就能互相理解的人？」

媞瑟的嗓音聽起來有斥責般的意味。

「如果雷德先生你是這麼想的，那你真的太樂觀了。」

「確實，如果是以前的梵，對打過應該也不會有任何改變……可是面對現在的梵，我們就有勝算。」

「你說勝算？我只覺得他已經失控了。」

「沒錯，就是失控，不會迷惘的『勇者』陷入了迷惘。」

梵秉持「對加護的信仰」這種正義而引發了各種問題，而他為了打倒沒傷害任何人的弱小仙靈而去攻擊身為夥伴的亞爾貝，悖離了「勇者」的職務。

現在的梵，甚至拋開了神所追求的「勇者」職務。

「他的迷惘就是這麼嚴重。現在我的話能傳進他的耳裡，能夠改變他那種極端的思考邏輯。」

「可是……」

「我相信雷德喔。」

「如果失敗的話我會幫忙挽救。所以希望妳能相信哥哥。」

經莉特與露緹這麼一說，媞瑟輕笑一聲，露出微笑。

「說得也是，既然信賴雷德先生的兩位都這麼說了，我也只能相信他了……那麼，雷德先生，具體來說你打算怎麼戰鬥呢？」

「這部分，我有件事想要拜託大家。」

「好啊，如果是我做得到的，我什麼都做！」

「我會跟梵一對一做個了結。所以希望你們在莅本妲打算插手的時候阻止她。」

「居然要一對一？就算是雷德你啊，這也太勉強了吧。」

「梵很強，但勝負沒有絕對，所以說我未必一定能贏……但我會贏的。」

「雷德講這種話的時候，事情都會進行得很順利呢。」

莉特緊緊地握住我的手。

「菈本妲就交給我們，無論如何我們都會阻止她。」

「嗯，交給你們了。」

好了，準備最後決戰！

＊　＊　＊

黑色且厚實的雲層包覆天空。

「消散吧。」

菈本妲浮現凶暴的笑容並這麼說道。

溫蒂妮居住的湖水周遭，受到無數的閃電、龍捲風、沙暴襲擊。

守護湖水的霧氣結界一瞬間就散開。那股能量奔流就是強力無比到這種地步。

釋放出來的魔力強大到讓菈本妲身體竄起無數裂痕。

不過這並不是讓菈本妲陷入痛苦折磨。

她打算扯斷束縛她本質的鎖鏈。

暴風止歇，塵土散去。

「……哼，前陣子那個人在這啊。」

顯現出來的是彷彿什麼都沒發生、沒受到任何損害的湖水。

露緹的聖靈魔法盾阻擋了菈本妲的破壞魔法。

我、莉特、媞瑟、達南、亞蘭朵菈菈、愛絲妲、露緹這七個人站在聚落前方瞪視梵。

「終於見面了。」

看見露緹的梵開心似的笑了。

「繞了一大段遠路，搞得我什麼都不清楚了……可是殺死妳之後，我一定能恢復為『勇者』。」

「…………」

露緹以冷淡的視線回應梵的話語。

她看來沒有打算交談。

「我可是『勇者』……妳沒有什麼想說的嗎？」

梵對露緹尋求她的話語。

這是以前的梵不太可能做出來的舉動。

「梵。」

對他搭話的不是露緹而是我。

「吉迪恩先生，我終於也了解嘍。」

「…………」

「她就是『勇者』露緹吧！」

梵大喊出聲。

他終於來到勇者露緹的身邊了。

「這就是戴密斯神賦予我們的命運啊！這代表我要成為真正的『勇者』，就得把過時的『勇者』打倒才行！我會繼承勇者露緹積累的力量，『勇者』梵會拯救這個世界！」

梵亢奮了起來。

可是……那只是很空虛的激情。

我步行靠近梵。

「梵，用自己的意志說話。」

「吉迪恩先生，你到底在說什麼……」

「你會講那些話，只是不知道自己該做什麼，所以硬要為眼前的事物賦予意義。你無論身為『勇者』、身為聖職人員，還是身為梵這個人，都一樣地無助。」

「沒這回事！」

「當然有！想要證據，就問問你體內的『勇者』在說什麼吧！」

「說要打倒露緹！」

「你根本沒感受到那種衝動吧！」

梵持劍擺出架勢。

驚人的殺意對我釋放。

「我就作為『引導者』，讓你從迷惘當中走出來。」

我並沒有因為那股殺意改變表情，直接這樣放話。

「就是跟吉迪恩先生說過話，我才會變成這樣。」

「這樣啊。」

「迷惘真的很痛苦，就像自己不再是自己了一樣。」

「是啊。」

「……所以我跟吉迪恩先生之間，已經沒什麼好說的了。我要在這裡殺掉你，從這陣痛苦當中解放。」

「梵，你是在狹隘的世界生活至今的。那是沒有迷惘的信仰世界。可是啊，人類只要活著就難免會迷惘……既然你是勇者，就別逃避迷惘的痛苦。」

「……！」

「你以為我們跟魔王軍戰鬥時就沒有迷惘過？迷惘太多次了啊，不曉得自己的所作所為正不正確，不曉得是否該相信當下的判斷，一次又一次地迷惘，有時也會後悔得緊抓胸口……就算是這樣，勇者也不該為迷惘逃避。」

「可是勇者露緹應該沒有迷惘過才對！」

「露緹也有迷惘、也有痛苦過啊……儘管如此，她還是沒有因迷惘而逃避，所以人們口耳相傳的故事中，勇者露緹才會沒有迷惘。」

「我不相信！既然是『勇者』就不會迷惘！那就是神賦予我們的職務！」

「不是那樣的，跟露緹一同戰鬥的人們能找到希望，並不是因為露緹的加護是『勇者』，而是因為她沒有逃避她的迷惘！」

「沒有逃避？」

「無論多痛苦都不會逃避，並以自己的意志向前邁進，這種行為被人稱作勇氣。」

梵的臉上明顯地展現憤怒的神情。

「勇氣？『勇者』對於恐懼有完全的抗性……這樣不就夠了嗎！」

我脫下外套，將收在外套內側的第二把銅劍拋向梵。

「你這是什麼意思？」

「梵，我跟你單挑。拿起那把劍吧。」

「這是便宜的銅劍呢。」

「這場戰鬥是『勇者』與『引導者』——兩個加護的戰鬥。我們以對等的條件一戰吧。這樣的話，梵你的迷惘應該也會消逝。」

「……這樣子，要是『勇者』獲勝，就代表我已經不需要什麼『引導者』了。」

我敞開雙臂，讓梵看見我身上沒有半點魔法裝備。

「我知道了。」

梵丟下了聖劍。

然後他脫下防具，魔法戒指與護符也全數卸除。

「這樣就對等了。」

梵撿起我給他的銅劍，擺出備戰動作。

「好。」

我也拔出腰際的銅劍擺起架勢來回應他。

「梵！你可不能被騙！」

菈本妲忍不住大喊出聲。

「妳給我退下，菈本妲。」

「莉特！」

莉特刺出曲劍牽制菈本妲。

「別阻撓我！不然我殺了妳！」

「妳才別去阻撓他們倆的戰鬥，他們可是說過要一對一做個了結喔。我們並沒有妨礙他們的權利。」

「囉嗦！囉嗦！阻礙我戀情的人，最好全部死光光！」

菈本妲整張臉從她瞪大的眼睛開始出現裂痕。

原本壓抑在內側的巨大存在滿溢出來的情況，就連位置離得很遠的我也察覺得到。

不過莉特她沒有退開半步。

「我也一樣，不會讓任何人阻礙我的戀情。無論對手是神話中的仙靈，還是魔王，就算是天神，只要來阻撓我跟雷德的戀情，我都會像這樣用劍回擊！」

莉特氣焰高漲地放話。

她原本就是會翻出城牆、想去當冒險者的野丫頭公主。

莉特那凜然的姿態，又讓我再度覺得她充滿魅力。

我信賴莉特和其他夥伴，把心思集中在梵身上。

「決勝負了，梵。」

「分出勝負的方式……應該不是揮劍停在對手要害邊緣，然後要對方認輸吧？」

「這是當然，我們兩人都要認真拚到無法動彈，假如對手的劍刃停在要害邊緣，反過來趁隙斬殺就行了。」

「太好了！」

先行動的是梵。

「不宣洩這股怒火的話，我可停不下來！」

梵的身體從視野當中消失。

是武技嗎！

「飛燕縮！」

梵瞬間縮短與我之間的距離，並且把劍揮落。

銅劍劍刃擦出聲響，我化解了梵的一擊。

「武技：聖刃！」

在雙劍交碰的情況下，梵的劍受到光芒包覆。

他是想用蘊含武技的一擊，把我的銅劍破壞掉嗎？

「喝啊啊！」

「不過你踩得太進來了！」

我將梵的劍撇向左側。

他的劍操之過急。

想要劈斬的意識太強烈，沒有把劍制住的力道。

「唔！」

梵的肩膀被我的劍斬開。

紅色血液飛散，梵的表情瞬時扭曲。

那個位置原本該有鎧甲守護肩膀，但現在是沒穿鎧甲在戰鬥。

雖說戰況不同時也需要改變使劍的手法，但梵沒辦法做出這種應對。

「梵的防守很弱啊。」

我攻擊的是原本該有鎧甲保護的部分。

梵原本就會採取輕視防禦的戰法，對他而言，無鎧甲狀態下的防禦方式是未知的領域。

他的劍術完全仰賴加護賦予的技能，並不是人類創造出來的劍術。

「咕啊！」

梵的身體被鮮血染紅。我的劍好幾次地斬裂梵的皮膚。

不過他沒有倒下。

「勇者」不會因為這樣就挫敗。

「審判雷光！」

居然在這種距離下用魔法！

「唔咕唔唔唔！」

我身體受到電擊灼燒的同時，為了不讓意識遠去而把劍刺出去。

「啊唔！」

得手了！

我的劍貫穿了梵發動魔法而變得毫無防備的右肩。

劍刃切裂肌肉，深入到觸及骨骼。

「唔啊啊……！」

梵的表情扭曲。

他的右手臂已經動不了了。

我很想追擊……

「呼、呼……」

但我也因為勇者的魔法而受到嚴重傷害。

兩腿不聽使喚，單膝跪地。

我好不容易在單膝跪地時直接往上砍，可是梵這時已經退到戰鬥距離外了。

「不能讓你逃掉！」

我現在的狀態下要是被他拉開距離，遭受魔法連擊就不妙了！

我以發抖的腿使勁，以「雷光迅步」追上去。

梵應該也到了極限，下一擊就會決出勝負。

「住手——！」

菈本妲全力吼叫。

她身體噴出的黑色霧氣凝聚成如同巨人的形狀。

「給我離梵遠一點——！」

黑霧之手朝我逼近。

不過我的心緒都集中在梵身上。

「不會讓妳礙事！」

「妳別想通過這裡。」

莉特和露緹斬裂了菈本妲的手臂。

莉特她們一定會幫忙阻止菈本妲。

「喝啊啊啊！」

我發出尖銳的吆喝聲，同時揮下手中的劍。

「……武技。」

梵睜大的眼睛看向我。

梵左手握著的銅劍發出「嗡」的異常振動聲。

不妙！

「大旋風！」

時機上兩者會相碰！

我把劍揮下去就會造成梵的致命傷，可是梵的武技會貫穿我的身體！

「勇者」捨命的必殺一擊……唔！

「喔喔喔！」

我把原本要揮落的劍拉了回來，配合斬擊軌道做出防禦。

銅劍碎裂，我的身體噴出血來。

「雷德！」

莉特叫喊的聲音聽起來很遠。

折斷的劍刃掉在腳邊敲出聲響。

「是我贏了——！」

梵如此大喊。

我的胸口噴出血液，身體急遽地散失氣力。

我聽見菈本妲開口大笑的聲音。

「妳要怎麼辦啊，莉特！不去幫忙的話，妳的情人就會死掉喔！」

「雷德。」

我知道莉特看了我。

「加油啊！別輸給他，雷德！」

她如此叫喊。

我感受到熱血回歸我的體內。

可是這個時候，丟棄銅劍的梵左手已經摸上我的手臂。

「這樣就結束了，『治癒之手專精：反轉』！」

將自己的傷勢全數轉移到對手身上，藉此完全康復。這就是梵的殺手鐧。

這是無論身處何種逆境都能扭轉局勢，體現了梵心目中「勇者」姿態的必勝招式。

梵的身體由於「勇者」加護的力量而發出光輝。

「我贏了！」

他臉上顯現贏家的得意神情。

然而——

「我就在等這一刻。」

我的身體也釋出「治癒之手」的光輝，抹消梵的光輝。

「技能抵銷？」

技能抵銷指的是讓同樣的技能相碰，使技能無效的技術。

儘管如此，實戰中其實很少有機會能用到。

因為相互抵銷的一定得是同一個加護的技能。

也就是說，「魔法師」的火球術無法抵銷「賢者」的火球術。

這是在加護的動態成為物理現象前，加以抵銷的技術。

「我有事先找露緹給我灌注『治癒之手』的力量。」

能夠抵銷的機會只有一次。

可是那一次機會，必須是讓梵的必勝技法崩解的一次。

確信自己已經取勝的梵早已把劍丟棄，連保護自身的心思都沒有了。

「是我贏了！」

我朝向滿身空隙的梵，揮落折斷的銅劍。

那把劍深深陷入梵的身體後停了下來。

「嘎……啊……」

致命傷。

傷口噴出血液，梵的身體倒了下去。

「……這場勝負不是只靠『勇者』與『引導者』來決定的嗎？」

「那種話當然只是詭辯啊。而且我們用的雖然都是銅劍，不過我跟你不一樣，這把劍我用得很習慣了。沒穿鎧甲的戰鬥也是我比較熟悉。打從一開始我們兩人就不對等，這一切都是我為了贏過你而安排的。」

「可惡……太卑鄙了……」

「梵，你從根基的地方就搞錯了。你就是因為心裡在想我是『引導者』才怎樣、你是『勇者』才怎樣，所以才會輸掉。」

「……我聽不懂啊。」

「這是雷德與梵，人與人之間的戰鬥。加護只不過是我們的一部分，你就是不了解這點，光注意加護才會落到這種下場。」

「……可惡、可惡、可惡。」

梵的嘴裡冒出這些話。

「梵，你的迷惘散去了嗎？」

「……啥？」

「讓你迷惘的源頭就是那份情感。」

「你是在對我這股怒火說三道四嗎？」

「憤怒只是結果，並不是原因。我在說的，是你對我感到憤怒的理由喔。」

「……我……」

「很不服氣吧？」

「……！」

梵的動作停了下來。

他一臉愕然地睜大眼睛，我看得出來他在得到答案之後，原本拒絕失去意識的氣力便逐漸減少。

「雖說契機應該是『引導者』與『勇者』的職務關係，可是在海邊對戰海懼妖的時候，我讓你感受到了落敗感。讓你覺得靠你一個人沒辦法救出孩子。讓你覺得來自孩子的稱讚，不應該是對著你說的……那一瞬間，你的心裡頭產生了『不服氣』的情感。」

可是梵以前並不曉得所謂不服氣的感情。

對於在寧靜封閉的世界當中，憑藉信仰而生的梵而言，如同烈火的情感是未知的體驗。

梵無法接受不曉得的事物，使得那份不服氣成為無法消去的痛楚，在心裡頭持續悶燒……然後爆發出來。

「不服……氣……？」

「你就在睡夢中好好思考吧……等你醒過來之後我再跟你聊聊。」

梵的全身貼上地面，應該是失去意識了吧。

「呼唔……」

我也深深地呼出一口氣，然後一屁股坐到地上。

「啊——好痛，好痛，好像要死了一樣……跟『勇者』對打有夠累人。」

流著血的傷口陣陣刺痛。

那招捨身的「大旋風」真的很不妙。

梵的劍如果不是銅劍，我大概早就死了吧。

「勇者」果然很強，我營造出這麼多有利的狀況還只是勉強打贏。

「哥哥！」

「雷德！」

我知道露緹和莉特正跑向我這邊來。

先前有說過之後該怎麼行動，接下來的事就交給她們吧。

「梵，所謂的騎士是會做些很狡猾的事情喔。」

我對倒下的梵笑著這麼說：

「其實這場戰鬥打成平手了喔，只是我在倒下之前撐的時間比較久而已。」

這場戰鬥我設了許多局，不過最大的詭辯其實是我把平手的戰局，弄得像是我贏了一樣吧。

說實話……這種對戰我真的不想再來一次了。

感受到意識由於失血而遠去的同時，我想著這樣的事情。

# 尾聲

## 終局，邁向下一段旅程

「這裡是……」

睜開眼睛的梵看見的是描繪出美麗曲線的天花板。

「……！」

梵最先發覺的是自己躺在床上的身體被綁了起來。

手指也確實地受到固定，讓他也沒辦法結印使出魔法。

「梵！」

小小的身影依附到梵的臉頰上。

「菈本妲……」

菈本妲的雙臂也被細繩綁住了。

她沒辦法像平時那樣擁抱梵，所以用自己的小小臉頰摩擦梵的臉頰，對於梵平安無事感到欣喜。

臉頰感受到菈本妲體溫的熱度，讓梵心裡覺得很舒服。

以前明明從來沒有想過這種事情。

「你醒過來了啊。」

梵抬起臉來後，便看見拿著木製托盤的亞爾貝站在那裡。

「這是水和止痛藥。」

放在枕邊的托盤上放有杯子與藥粉。

「別那麼小氣，讓他使用『治癒之手』啦！要是留下傷痕的話你怎麼賠得起！」

「就算妳這麼說，假如他康復後又起來作亂不就很麻煩嗎？」

不去理會生氣又聒噪的菈本妲，亞爾貝以熟練的動作讓梵服藥。

「以愛絲妲小姐的從者身分上戰場的時候，我就把照護傷者的方式全都記在腦海裡了。」

「謝謝。」

梵道謝的時候，與亞爾貝對上視線就顫抖了肩頭。

亞爾貝看見梵那樣的反應而露出微笑。

「你覺得對我過意不去呢。」

「……你不恨我嗎？」

「一點也不。」

亞爾貝的表情十分清爽。

「可是你當時很痛吧？」

「當然啊，痛得要死呢。」

亞爾貝苦笑出聲。

然後他站起身子，打算離開房間而往外走，卻在房門前轉過身。

「不過贏家是我喔。」

看見梵啞口無言，亞爾貝低頭行禮後便直接走出房間。

「那傢伙是怎樣啦！」

菈本妲暴怒。

梵靜靜地深思。

「……亞爾貝的行為是正確的。要是亞爾貝沒有阻止我的行為，我就不再是『勇者』了……明明是這樣的。」

梵將自己的情感說出口：

「不服氣？我是因為輸了而不服氣嗎？」

「梵……」

看著以前從未見過、露出困惑表情的梵，菈本妲擔憂似的叫起他的名字。

＊　＊　＊

「妳很乖耶，真是令人欽佩。」

「這繩子是怎樣啦！為什麼用我的力量也完全弄不斷！」

莅本姐看著我的臉，聒噪地吼來吼去。

「這是遠古時代的木妖精魔法師為了綁住北海魔鯨(Bakekujira)而做出來的繩索，不會那麼容易就斷掉的。」

「居然有這種東西，也太狡猾了吧！」

莅本姐跟莉特她們戰鬥時雖然可怕，但她現在維持著天真的仙靈樣貌與性格。

想必是因為她理解梵不會有危險了吧。

這樣子應該就沒問題。

「所以說，莅本姐，我有事要跟梵談一談，妳先去其他房間等一下。」

「啥！」

「為了讓梵的迷惘終結，我們需要兩人獨處交談。」

「唔唔……」

菈本妲瞥了一下梵的面容。

她看見梵點頭後，便「唉～」這樣嘆出一口氣。

「知道了啦……可是你敢讓梵受傷的話，我一定會要你好看喔。」

「我們都充分戰鬥過了吧。」

菈本妲維持著被綁住的狀態，輕輕一躍跳到床下，狠狠地瞪我一眼之後，就大搖大擺地往外行走。

「強勢得好像沒有被綁起來一樣啊。」

我佩服著菈本妲大搖大擺的姿態，並且關上房門。

「好了。」

我在梵的床邊放了張椅子，坐到上頭。

「你心情如何？」

「……不太好。」

梵的語氣帶刺……蘊含情感。

這是個好徵兆。

「是啊，輸給不想輸的對手以後，心情會很差。」

「贏家竟然說這種話啊。」

我笑出聲來。

梵好像也受到我的影響而微微一笑。

「吉迪恩先生太卑鄙了。」

「畢竟我無論如何都想贏啊。」

「……我想再跟你打一次。」

「我們這次碰巧都活了下來，但戰鬥根本沒什麼第二次機會吧。」

「……你這句話，只是為了避免跟我戰鬥所找的藉口吧。」

「你很懂嘛。」

梵這次是明確地笑出聲了。

「以前明明都不會覺得不服氣，我是不是沒資格當『勇者』了呢？」

「你的衝動怎樣了？」

「……醒來的時候就恢復了。所以我已經不會產生想破壞這個聚落的心情。」

之前大概是憤怒的感情讓加護的衝動停止運作了吧。

一般是不會發生這種事情的……不過我知道有露緹這樣的前例。

「既然這樣，你就是『勇者』了吧？只要加護仍然寄宿於你的生命，神明賦予的職務便不會消失，這就是教會的教誨。」

梵擺出一副無法接受的表情。

讓人不禁認為梵不配當「勇者」的不是別人，正是一直遵循教會教誨的他自己。

不過，他那樣的特質正代表他是勇者。

「梵，勇者並不是『天生的』。而是『想要成為』勇者的人，才能成為勇者。」

「想要成為勇者的人？」

這是阿修羅惡魔錫桑丹說過的話。

雖然借用敵人所說的話很不是滋味，但初代勇者是阿修羅惡魔。

同族的錫桑丹知曉真正的勇者。

「並不是因為『勇者』加護寄宿體內才讓人成為勇者。對於『該怎麼做才能成為勇者』這個問題，不僅要用自己的腦袋思考，有時也要採納他人的意見。儘管會有無數次的迷惘，仍然想要當個勇者並且有心前進的人，就是名副其實的勇者了。」

「既然這樣，我該怎麼做……」

「我知道梵缺少的是什麼喔。」

「咦……？」

「是導師。」

梵呆愣了。

這答案應該出乎他的意料吧。

「梵的目光一直都只注意信仰，作為一個人，該了解的知識並不夠。」

「作為一個人該了解的知識……」

「優異的劍法當中蘊含哲學，可是你的劍並沒有那種東西。哲學是作為一個人增進許多見聞、感受許多事物，並且不停思考之後所培育出來的。」

「培育哲學？」

「梵的世界太狹隘了，所以劍雖然銳利卻很膚淺……就是因為這樣才輸給我。」

「……膚淺。」

「只是把自己的強大押在劍上，套路一成不變。對手如果有準備好回擊用的招數，就能輕易擊潰你的劍法。」

「唔。」

梵露出符合一名少年的表情，看得出心情並不好。

那是以往態度超然的梵沒有展現過的，十分平凡的表情。

梵失去身為「勇者」的純粹的話，應該會暫時性地變弱。

可是，作為一個人累積了經驗的梵，會比現在還要更強。

到了那個時候，梵想必會成為像露緹那樣的最強勇者。

「下次你就多試著相信愛絲妲所說的話吧。而且也不要只會講勇者相關的事，你可以跟她聊看看各種領域、各式各樣的事情。愛絲妲曾去各種國家旅行，她見識過其他人都沒有見過的景色。雖然長槍與劍有差別，但你還是可以參考參考的。」

「愛絲妲小姐……不知道她還願不願意跟我一起旅行。」

「梵打算當個勇者的話，她想必會再陪你一同旅行的。因為愛絲妲是引導勇者的人。」

「愛絲妲小姐是引導勇者的人？」

「你必須要有不是出自加護，而是真心想要成為勇者的意志。要不然，誰會想跟你這種要人費心的勇者一同旅行啊。」

「……說得可真狠啊，不過實際上就是這樣子吧。」

梵靜靜地深思了一陣子。

「吉迪恩先生……你是否不會跟我一起來啊。」

「我是露緹的引導者，沒打算跟其他勇者旅行。」

「我想也是。」

梵看似遺憾地搖頭。

……勇者啊。

我現在也很迷惘，不曉得接下來要講的話到底該不該說出來。

如果只是要梵離開佐爾丹，那我就不需要踩得更深入。

有愛絲妲在的話，只要梵願意把她說的話聽進去，梵應該就會被引導為一名不錯的勇者。

只是……我沒辦法擺脫「對於今後要作為勇者奮戰的梵而言，我這樣子是否不太誠實」的想法。

「梵，我雖然沒有辦法離開佐爾丹……但要不要一起來一段短程冒險？」

「冒險？」

「調查古代妖精遺跡。」

「古代妖精不是為了隱藏露緹小姐才撒的謊嗎？」

「為了讓謊言令人相信，就需要盡可能以真相來掩飾與鞏固。守護佐爾丹的古代妖精遺產是騙人的，不過的確有個古代妖精遺跡。」

「那遺跡到底有什麼？」

「不曉得。」

「咦？」

梵目瞪口呆了。

梵以前只有經歷過別人事前調查過的冒險旅程。

為了提高加護等級而對抗能夠打倒的敵人，尋找早就知道存在於祕境中的魔法道具。

梵的冒險就是那樣。

「不過這次不一樣。就是因為不知道到底有什麼才要去調查。」

「嗯～」

「而且那也不是跟我們一點關聯都沒有，那個古代妖精遺跡跟勇者有關。」

「古代妖精遺跡跟勇者有關？」

「梵你沒拿到勇者之證吧？」

「你是說阿瓦隆尼亞王都附近的古代妖精遺跡裡頭封印的祕寶吧。可是那不是被露緹小姐拿走了嗎？」

「對，她拿走了……我有看見傳說中封印了勇者之證的機械，將勇者之證傳遞給露緹的過程。」

「看見了又有什麼意義呢？」

「勇者之證是被製作出來的。露緹手上拿到的勇者之證，並不是上一代勇者帶回來的祕寶，也不是寫在其他勇者傳說當中的護符。那個遺跡製作了全新的勇者之證給予露緹。」

「怎麼可能會有那種事情……」

梵受到了打擊。

上一代勇者的傳說中也有描述到，能夠強化「勇者」加護的祕寶。

聽到有人講說那其實是古代妖精遺跡所製作出來的量產品，會無言以對也是正常的吧。

「所以說，古代妖精與勇者之間的關聯相當密切。」

「……這次的遺跡也有什麼東西嗎？」

我呼吸一口氣之後，把話說下去：

「那個遺跡裡頭有著名為『勇者管理局』的區塊。」

「勇者……管理局？」

梵會疑惑也是理所當然。

「那到底是什麼東西啊。」

「我們就是要去調查這個。我覺得，古代妖精們應該已經找到了答案，他們知道『勇者』是什麼，也知道加護到底是什麼。」

「……答案。」

梵今後應該會賭上性命，為了這個世界而對抗魔王軍。

我不會陪他踏上那樣的旅程，但我希望他那段旅途不會讓他有任何的悔恨。

所以，我繼續說下去：

「梵……你的『勇者』並不是天生就擁有的吧？」

「唔！」

梵訝異地看著我的面容。

他眼裡浮現了應該早就被『勇者』壓抑的恐懼神色。

「你怎麼會知道……」

「看見你體現『勇者』的方式，我就有這種想法了。」

梵很純粹。

就算他是在修道院這種狹隘的世界生長至今，也不太可能會有那種極端純粹的性格。

當然，他應該本來就有虔誠殉道者類型的個性。

可是，就算是這樣，他作為「勇者」也太單純了。

「既然梵你純粹到那種地步，在魔王軍出現的時候……不，只要這個世界有人陷入紛擾，你觸及加護的那一天沒有衝出修道院就很奇怪。因為封閉的修道院世界不需要

『勇者』。」

「這……」

「可是，就算你的故鄉因為魔王軍而毀滅，你還是沒有行動。這是為什麼呢？」

梵低下頭去。

我盡力讓自己語氣平穩地把話說下去：

「只要去思考那方面的可能性，就能夠推測出劉布會相信你的理由。」

那個自私自利的劉布樞機卿，面對忽然出現、一名叫作梵的默默無聞少年，到底為什麼會相信他就是「勇者」呢？

「劉布以前就認識你了吧？你原本擁有的加護是『樞機卿』。」

「吉迪恩先生真是厲害……」

身為弗蘭伯格王國王子的梵會被送至別國——阿瓦隆尼亞王國的修道院的理由。

「我在四歲時就觸及加護了。」

「這還真早，應該是你跟加護十分搭配的關係吧。」

能當上聖方教會樞機卿的人，只有體內宿有「樞機卿」加護的人。

所以弗蘭伯格王才被喚去距離萊斯特沃爾大聖砦較近的阿瓦隆尼亞王國修道院。

「劉布樞機卿知道你將來有機會成為樞機卿。他打的如意算盤應該是把你拉攏至自己的派閥之類的吧。」

「嗯，成為『勇者』之前，我有跟劉布先生見過兩次面。所以我才覺得，跟他談談的話他可能會相信我。」

「『樞機卿』與『勇者』完全不同。原本應該是『樞機卿』的你，只要使出『樞機卿』不該用的技能，就算不用『鑑定』也能知道你很特別。」

加護有了變化。

這樣的奇蹟讓劉布相信梵就是「勇者」。

「這就讓先前一直具有聖職人員職務的你，必須迅速地改變價值觀。所以你才會成為盲信信仰與衝動的勇者。」

梵正是因為一直以來都遵循信仰而生，才會在神的奇蹟降臨己身時感受到無上的喜悅，同時也受到強烈的困惑侵襲。

因為那個時候的他必須切割先前作為「樞機卿」生活的人生，並且踏上完全不同、身為「勇者」的嶄新人生。

「我不曉得古代妖精遺跡會有什麼東西。但我很確定那個遺跡跟『勇者』有所關聯。」

「『勇者』是神創造的加護。除此之外應該沒有別的意義了……」

「可是初代勇者是阿修羅惡魔。」

「……怎麼可能有這回事！再怎麼說阿修羅惡魔都沒有加護啊！」

梵搖頭並這麼說。

「但我是說真的。」

「我不懂……明明就有神存在，神不可能會出錯的啊。」

我對陷入混亂的梵溫柔地搭話：

「我沒有要強迫你，只是在這裡有機會找到何謂『勇者』的答案，我覺得沒有告訴你這件事很不誠實，所以才跟你講這些。」

看見梵不安地緊咬嘴唇，我有點心痛……這樣的少年居然要扛起世界的命運啊。

不過梵跟露緹不同，他是自己選擇要戰鬥的。

我不能否定他這樣的意志。

只要梵打算當個勇者，我就只需要為他加油打氣。應該這樣才行。

「……我也想要知道『勇者』到底是什麼，想知道發生在我身上的奇蹟到底有什麼意義。」

「這樣啊，那就決定好嘍。」

我解開了束縛梵的繩索。

梵將自己的右手按上胸口，使用了「治癒之手」。

「總之啊，無論發生什麼你都別看得太重喔。」

「都跟我講了這些，要我不看得太重不太可能啦。」

「梵就是梵。無論你是『樞機卿』還是『勇者』，這點都不會改變。只要不忘記這件事，你就不會有問題的。還有，野營時我也會順便教你劍術的基礎。」

「劍術……那可真是令人期待。」

梵的神情已經沒有作為「勇者」讓人們受苦至今的那種純粹。

看來「勇者」梵的威脅已經消逝，這樣就達成目的了。

我希望梵他會從盲信「勇者」之道的人，轉變為一名想要好好當個勇者的人。

也希望他的人生當中沒有悔恨。

所以，我決定再插手一下「勇者」梵的故事。

下一個目的地是勇者管理局。

# 後記

非常感謝翻閱本書的各位讀者！我是作者ざっぽん。

本系列作品也來到了第九集，即將迎接二位數！本系列所有集數在書店架上陳列的時候，也是非常地具有存在感，讓我打從心裡驕傲。

而且！本作品的電視動畫版會在２０２１年10月開始播放！

劇本會議、分鏡、配音、音效合成等等動畫製作的所有流程，我也都有從九州遠端參與。

劇本是由原作小說與池野老師的漫畫版改編，完成的劇本變成分鏡，配音員再根據用分鏡製作的配音劇本與影片來配音，配上人聲的動畫再加上音樂和音效。完成一部動畫的過程我全部都有參與到了。

雖然除此之外還有調整繪圖的部分，不過我在音效合成時看見自己的小說變成會動、會講話的動畫，就真的忘了自己也是以工作人員的身分參與製作，只是為此不禁感動而已。

原作作者參與到這種地步好像滿稀奇的，不過比起擔任監修一職，我更想作為一同製作動畫的工作人員之一參與其中。或許是因為我跟其他工作人員同樣有著「想要做出一部有趣的動畫作品」的目標，我們能夠互相提出意見來討論，維持良好的關係來製作這部動畫。

星野導演以及各位動畫製作人員全都是令人尊敬的創作者。

確定會改編成動畫的時候，編輯叮嚀我要有「做成動畫不是只有幸福而已，麻煩的事情也很多」的心態，不過我似乎成了一個十分幸福的原作作者。

其他的跨媒體作品也很順利地進行！

漫畫第七集發售中（註：此指日本的出版情形）！第七集會邁入原作小說第二集的劇情高潮！

PC版遊戲的製作也很順利，這也十分令人期待！

我能夠成為這麼幸福的作家，這都是因為多虧了各位讀者的支持。真的非常地感謝各位。

如果閱讀這本書的時間，對於支持本作的各位讀者來說是十分歡欣的一段時光，就是我身為作者最至高無上的喜悅。

我們在第十集再會吧！

２０２１年　邊聽動畫主題曲邊寫　ざっぽん

# 虛位王權 1 待續

作者：三雲岳斗　插畫：深遊

**龍與弒龍者；少女與少年——**
**日本的倖存者在廢墟都市「二十三區」相遇。**

那天，巨龍現身在東京上空，被稱作魍獸的怪物大舉出現，加上「大殺戮」導致日本人滅絕。八尋是倖存的日本人。淋到龍血的他獲得了不死之軀，在化作廢墟的東京以搬運藝品為業。自稱藝品商的雙胞胎少女委託他回收有能力統領魍獸的櫛名田——

各 **NT$240/HK$80**

## 菜鳥鍊金術師開店營業中 1 待續

Kadokawa Fantastic Novels

作者：いつきみずほ　插畫：ふーみ

**日本於2022年10月起TV動畫好評播放中!!**
**菜鳥鍊金術師意外展開鄉村店舖經營生活**

取得鍊金術師的國家資格，夢想迎接優雅生活的珊樂莎，收到了來自師父的禮物——也就是一間店，卻是位在比想像中更鄉下的地方!?悠閒的店舖經營生活就此展開，在怡然自得中，目標是成為獨當一面的國家級鍊金術師!!

**NT$250/HK$83**

國家圖書館出版品預行編目資料

因為不是真正的夥伴而被逐出勇者隊伍，流落到邊境展開慢活人生 / ざっぽん作；李君暉譯. -- 初版. -- 臺北市：臺灣角川股份有限公司, 2022.11-
冊；　公分. -- (Kadokawa fantastic novels)
譯自：真の仲間じゃないと勇者のパーティーを追い出されたので、辺境でスローライフすることにしました
ISBN 978-626-321-966-3(第9冊：平裝)

861.57　　111014884

Kadokawa
Fantastic
Novels

# 因為不是真正的夥伴而被逐出勇者隊伍，流落到邊境展開慢活人生 9

(原著名：真の仲間じゃないと勇者のパーティーを追い出されたので、辺境でスローライフすることにしました 9)


2022年11月23日　初版第1刷發行

作　者：ざっぽん
插　畫：やすも
譯　者：李君暉

發 行 人：岩崎剛人
總 編 輯：蔡佩芬
編　輯：黃如雁
美術設計：李思穎
印　務：李明修（主任）、張加恩（主任）、張凱棋

發 行 所：台灣角川股份有限公司
地　址：104台北市中山區松江路223號3樓
電　話：（02）2515-3000
傳　真：（02）2515-0033
網　址：www.kadokawa.com.tw
劃撥帳戶：台灣角川股份有限公司
劃撥帳號：19487412
法律顧問：有澤法律事務所
製　版：巨茂科技印刷有限公司
ISBN：978-626-321-966-3